远方有你

胡泽勇　著

中国言实出版社

图书在版编目(CIP)数据

远方有你 / 胡泽勇著 . -- 北京:中国言实出版社,
2023.9

ISBN 978-7-5171-4588-2

Ⅰ.①远… Ⅱ.①胡… Ⅲ.①长篇小说—中国—当代
Ⅳ.① I247.5

中国国家版本馆 CIP 数据核字 (2023) 第 179109 号

远方有你

责任编辑:佟贵兆
责任校对:张　朕

出版发行:中国言实出版社
　　地　　址:北京市朝阳区北苑路180号加利大厦5号楼105室
　　邮　　编:100101
　　编辑部:北京市海淀区花园路6号院B座6层
　　邮　　编:100088
　　电　　话:010-64924853(总编室)　010-64924716(发行部)
　　网　　址:www.zgyscbs.cn　电子邮箱:zgyscbs@263.net

经　　销:新华书店
印　　刷:三河市华东印刷有限公司
版　　次:2024年1月第1版　2024年1月第1次印刷
规　　格:880毫米×1230毫米　1/32　5.25印张
字　　数:81千字

定　　价:65.00元
书　　号:ISBN 978-7-5171-4588-2

目 录

C O N T E N T S

无论哪个时代，人们都必须努力奔跑。无论是从地域看，还是从年龄看，都看不出有什么事情会把他们的命运凑在一起，他们之间简直不可能发生什么联系，甚至做这样的假设也是很荒唐的。是的，只要人们按照常规发展，安居乐业，各得其所，他们就不会有什么机缘相识，更不会因有什么志向产生交集。当时没有，以后也不会有。

梦想开始的地方

清晨，隔壁厨房里响起"砰唦、砰唦"蜂窝煤炉灶的撬盖声，把孙栋善从睡梦中吵醒。他抬起头瞅了瞅时钟指针，已经六点，他一骨碌翻下床赶紧洗漱，吃完早饭便从床下移出那只棕色牛皮手提箱。箱里是生活用品、换洗衣服、书籍，空隙处是妈妈塞进去的两听红烧猪肉罐头和一袋牛皮纸包裹的芝麻饼干。他环视着曾经那么温暖而如今又是那么清冷的家，写字台上方的全家福相框依然明光锃亮，窗台垂吊着缕缕生机勃勃的观叶植物。他紧紧地拥抱着父母，肩膀耸动着，用一种漠然坚硬的态度将父母松开，他背上棉被褥怀揣红宝书，左手拎着提箱，右手提着装有"大海航行靠舵手"瓷盆的网兜向集合点奔去。

街灯昏暗，道路上行人寥寥，少数店铺已经开灯开门。小学校门前大桉树下汇聚着三三两两的人群，有的在跺脚搓手哈气，有的在对火点烟，有的猛然吸一口呼出一大片浓浓的白雾，与街边生火炉的烟雾混杂一起，使人寒战、瑟瑟发抖。这时候一阵长啸口哨响起，一场轰轰烈烈且简短的欢送会过后，人们分别给他们胸前戴上大红花，脖子上套上草绿色水壶，他们兴高采烈地挥手告别亲友，爬上了等候多时的解放牌敞篷卡车。孙栋善主动拿起锣鼓就开打，其他人扛着莲花突击队、青峰先锋队的旗帜，那鲜艳的红旗在西北风的吹动下发出猎猎的响声，人们高唱着："五星红旗迎风飘扬，胜利歌声多么响亮……"歌声鼓声回荡在秦巴山区这个革命老区的江河峡谷之间。卡车沿着陡峭的山路气喘吁吁地拐上拐下。这是一条 1937 年抗战时期抢修的国道，路径往北越走越窄，远处山高，树木错落有致，城镇渐渐隐去，锣鼓声放慢了节奏逐渐消停。大家目光呆滞地注视着逐渐模糊的景象，看着眼前这个陌生的世界。车继续在弯曲的盘山道上爬行，十几个小时的车程让车上的人也都安静下来。有的躺在行李包上鼾声如雷，有的静静养神，有的点上一支芒果牌香烟吐着一个又一个圈，然后有人伸出中指在烟圈中央一穿缠绕，风一吹全散开，熏得人睁不开眼，呛得人忍不住干咳，引来一阵笑声。车时刹时停，减缓速度，沿路上坡下坎一路颠簸。路边的柿树枝头已挂满了红彤彤的柿子。有的农户在采摘、有的在削皮清洗、有的在晾晒柿饼，一派靓丽的丰收景象。突然，一阵"咚锵咚咚锵、咚咚咚锵"的川北鼓点声、吆喝声由远到近，把大家拉回现实。在嘉陵江江面渡船上，十几个人正在挥舞着双手朝卡车这边喊叫。其实这会儿对长途跋涉的人来讲，早已经冻得四肢麻木、肌肉痉挛，根本听不清那些人在叫喊什么，大家只顾下车伸伸腰踢踢脚，深深地活动一下筋骨，在卡车司机不耐烦的催促下取下行李。而后汽车司机拉长着脸，调转了个车头猛地轰了一下油门，车就像箭一样射出，扬起一路滚滚尘土，足足有几百米远。望着消失的解放牌汽车，大家低头不语，各自背上行李包登上了前来接应的渡船。大队会计站在船头用他那掷地有声的当地话，介绍了迎接大家的社员的姓氏，过后点兵点将，各家各户领走各自的人。大伙被安置在江对岸方圆几十平方公里的公社里，那时才知道一个公社辖区面积有多大，上山下坡走一天。在这荒凉得让人发怵的大山里，一待就是多年，他们豪情满怀地融入广阔的天地里，与性情豪放的社员共同生活居住、共同劳动，他们真正接受着农民兄弟的再教育，成为光荣的人民公社社员。

共同的命运使他们走到一起，共同的遗憾成为他们全力干活的原始动力，烟熏火燎的艰苦迫使他们格外勤奋努力。

20 世纪 60 年代是个生活捉襟见肘的年代。孙栋善全家六口人仅靠父母亲每月几十元的工资来维持生活，还要挤出钱来供他念高中，他寒窗苦读数载考取了重点大学和空军飞行员，但因为家庭成分原因，大学和招飞政审没有通过。艰苦的生活激励着他刻苦读书学习，这也是催化他早熟的宝库，赋予他终身享用不尽的宝藏。童年时期孙栋善就特别喜欢阅读书籍，喜欢一个人找个清静的地方静静地坐下来，捧着书本或杂志，在字里行间寻找喜乐悲欢，掩耳不听那尘世喧嚣。只要有书读，就是让他跑遍半个城区去借去读，他都心甘情愿。有时为了一本喜欢的书，他宁愿花费几天工夫把整本书抄写下来。在市文化图书馆借阅罗曼·罗兰的《约翰·克利斯朵夫》一二卷后，他发现三四卷居然尚未启封。用文化图书馆馆员的话说："你是看书读书懂书的人，也是目前市区里最有毅力坚持啃完此部巨著的第一人。"阅读时，他十分敬佩小说中的主人翁——小提琴手克利斯朵夫，那个性格独特和对事业有执着的追求，人生大起大落的人。他恨自己生不逢时，不能融入时代潮流，他不爱阖围在家庭圈子生活，向往着激越的年代，他生来就更愿意为崇高的事业而献身。在他的身上散发着各种气质，但又有他自己独特的空灵和俊秀，他的思想深深地打下了家庭的烙印。还没有谈及他的梦想，他的梦想无非就是他自己，如何规划、如何发展、如何能被社会所承认，哪怕只是短暂的也好。不管什么样的变革他都欢迎，只要能够让他开心生活，摆脱平庸无聊，他的梦想始终离不开出人头地。这是个浮华而庸俗的梦想，全然不考虑当时历史背景和社会环境。可以说，这个梦想在当时无异于一幅廉价的油画，因为他的家庭条件发生了变化，爷爷的问题迟迟得不到解决，大人们口角不断，成天吵吵闹闹，不开心的事情往往撒在他身上，家使他产生了恐惧心理。想读书，没有安静点的环境；想买书，没有现金来源。他开始产生怨气，不明白为什么别人可以随心所欲地购买书籍，自己却不能。甚至有时将自己置于那种尴尬境地。在这种家庭氛围之下，他只好选择逃避，家里待不下去，他就自己到江边去帮助建筑工人掏沙石或捶铁路道砟挣点零花钱，攒起来凑够数就去逛新华书店购买想要的文学书籍。

年底，居委会张大娘来到他家动员他上山下乡接受贫下中农再教育，并且天天有白面馒头、大米饭吃，一日三餐管吃管饱，最重要的是还有充足的时间、自由的空间，可以领略大自然风光。往后再也不会受各种约束了，一切听从自己，一切随心支配。起初，每当他自己要做一件事还要征求大人意见，而现在这种情况就不用了，只需要对自己说："怕什么！走自己的路。"于是，孙栋善十分主动地前往街道居委会，填报了下乡接受贫下中农再教育的申请表。是什么原因呢？应该说是家庭熏陶起了作用。孙氏家族是湖广填四川的产物。在当地不但历史悠久而且是望族，使孙氏家族有经久不褪的光环。这要从19世纪初，国内早期改良主义传播，反封建反专制运动风起云涌开始说起。"百日维新"颁布了一系列改革科举、新办新学教育的政策。他爷爷自幼聪明好学，以其独特的天赋和才华独居百名秀才榜首，公派进入日本东京都早稻田大学学习教育。留学期间爷爷发奋读书，学成归国，奉当时政府之令创办了新学制学堂，亲授格致（理化知识）、博物（动植物、矿物、生物）等学科，用其学到的西方先进教学理念辅导教育，传播科学知识。孙栋善的父亲幼时在新学堂教育之下，顺利考入中央大学，毕业后前往欧洲法国留学。在新中国成立的感召下，他放弃了国外高薪聘用的优惠条件，毅然拎着棕色大手提箱，装着成套教学资料、教学仪器返回祖国，回到家乡参与基础教育事业，妻子被安置在农业局从事农田机械推广工作。孙栋善从孩提起便在心灵深处有执拗而强烈的梦想，不能满足的梦想就是从这儿产生的，这种梦想直到他肝胆欲裂悲痛地死去才离开他。促使他有狂热的梦想决心插队落户的另一个萌芽因素，是他听见几个愣头小青年正在轻率无情地安排着他们家的命运。他额头紧贴着窗户玻璃，望着窗外嘉陵江滚滚洪水过后，人们拿着各种捕鱼工具欢快地打捞着被泥水呛得漂在江面上的鱼，鱼在混浊的漩涡之中一个劲地往上顶、往上跃，仿佛跃出浊浪就有希望。殊不知，混浊泥浆之后依然是无数浊浪，依旧缺氧。这嘉陵江曾孕育了多少华夏优秀的儿女，它滋育生养了他，他热爱它就像热爱自己的眼睛，但是，现在他感到陌生。他心想这大江为什么不来自蔚蓝色的海洋呢？要能在这条江里不时地看见银帆那该多好啊！但是没有，只有纤夫们拉长的川江号子声在峭壁间回荡。于是，他倔强起来跟谁都过不去，对谁都瞧不起。直到有一天，他周围有一种无形的东西使他陷入了难以触摸的境地，他骨子里那不安分的基因开始流淌，他不愿意这样消耗自己的时光。下乡接受再教育是他最明智的选择，疲惫劳累不可怕，只要精神愉悦就行。他追求的是一个有尊严的不受外界干扰的完整自我，这是他之所以感到自己没有迷失方向，仍然充满希望、勾起遐想，激励他精神的那个支柱。为此，他宁愿牺牲短暂的幸福和安宁，抛下父母、兄弟姊妹。他不畏艰辛，懵懵懂懂、糊里糊涂地走在尘土飞扬的道路上，顽强地走向理想世界。

不约而同闻讯赶来的还有那些熟悉或不熟悉的年轻面孔，他们聚集在街道居委会门前打听了解政策和忙乎上山下乡的事。章正成在县农业机械制造厂上班。在他五岁那年，县民政局的叔叔阿姨敲开了他的家门，默默地将几件大号军服、一只泛黄的上海钻石牌手表和印有最高指示的红皮笔记本送到他母亲手里，依据国家有关政策发放了家属抚恤金、烈士证书。居委会工作人员将一块硕大的革命烈士牌匾钉在大门框上，而他母亲整天对着房屋墙上一张全家福照片发呆。为了拉扯三个弟妹填饱肚子吃个好饭，他早早离开学校，十五岁就当上了一名翻砂工，翻砂打铁治愈了他的佝偻病，使他有了一副高大健壮的骨骼，劳动把许多思想注入他的脑中，注入到他的血液之中。他本来不属于上山下乡政策对象，面对强大的舆论，社会上形成上山下乡光荣，逃避下乡可耻的氛围。作为烈士子女，他父亲在中印自卫反击战中英勇牺牲，他就更应该响应国家号召。他雷厉风行地辞掉了固定的工作，毅然申请下乡接受贫下中农再教育，并迅速离开长期工作和生活的城市，奔向原本陌生的充满新奇、充满向往的世界。罗洪友从小就生活在农村外婆家，在那里他度过了童年，七岁时才被城市工作的父母接到县城上小学。他对农村既熟悉又陌生，熟悉的是童年情趣，不熟悉的是农耕农活。他属于返乡知识青年，国家政策性界限是游离于农民和知青之间的人员。在乡下，他有自己的老宅及三亩自留地，有熟悉的人和事，但罗洪友执意要到知青点生活。

下船以后，他们分散住进了社员的家里，与当地的社员一起到田地里学插秧学种菜学挖渠，完全遵从农村日出而作、日落而息的生活习惯。每天，天刚蒙蒙亮他们便起床挑水砍柴、洗脸做饭，然后扛起农具参加生产队摊派的农活，锄草插秧挖渠，新修水渠堰坝；轮到晚上收工，还要集中到队部仓库去学毛选、学文件。在这条道路上他们辛勤地劳作，而让他们最有幸福感、成就感的事是麦子成熟收获小麦。这是全年最忙活的时候，山区收麦如救火，麦熟就那几天，需要全体人员齐上阵。壮年男女割麦子，老弱病残送水煮饭，小孩子也跟在大人身后忙着在田地里拾捡麦穗。然后，统一把收来的麦子倒在队部仓库门前场地上铺开晾晒，麦场微风吹过一股扑鼻的麦穗清香，幸福感油然而生。一次，罗洪友上坝劳作刚返回家做饭，便被生产队派去守夜。那是红薯收获的季节，晚霞渐墨时出门，朝霞时归来，整整一个夜晚巡值，次日不出工可以补一个半觉。山区夜晚寂静，夜巡大半天，才看见散落在山坡森林中的农家灯火，远远望去时隐时现，带来些活力，彰显着一种存在，偶尔有几声犬叫倒也能壮壮胆子。山区暮秋，红薯生长期长、个头细、弯曲香甜，隔三岔五有邻队的人来偷挖，惹得队与队之间矛盾重重。这年红薯长势喜人，队里组织人员轮流坐庄值守。社员每天工分最高计八分每人，日子艰难，粮食自然紧巴巴的。地主家女儿生病卧床多日需要补养身体，王地主晚上趁收工回来时窜到田埂下拔了几个红薯悄悄地塞进管裤内，运气倒霉的他遇上了巡值，会计让罗洪友上去搜身。他摸到红薯抓了个现行，王地主悄悄地说了些好话，罗洪友碍着邻居的面子也就放行了，夜巡回家后则享受到一碗热气腾腾的红薯汤。

　　罗洪友返乡那年，正是王地主女儿诞生第六个年头。王地主家堂屋两侧有两间土坯耳房，右房边砌着的一堵泥墙上开有几个孔口，穿上青冈木搭了个养猪棚，后来政策规定不许搞资本主义就顺便改成了茅房。所谓的茅房就是在下面挖个大土坑，从山脊树林里砍几棵碗口大的树，剔掉枝叶放在坑面上，踩脚处塞些干枯杂草防滑防漏。罗洪友祖传老宅离这里有二十华里，隔着深沟大壑和海拔1300多米的几座峰峦，离县乡公路较远，交通不便。于是，他就被安排到王地主家左侧耳房住下，居住近百天，到王地主家堂屋的次数寥寥无几。每当日落西坠，夜幕降临，干完一天农活的罗洪友回来穿过凹凸不平的走廊，王地主还在田地里干活。待他点燃一盏煤油灯坐下来吃完玉米蒸饭时，才听到大门吱嘎吱嘎地响，透过门缝昏暗的光线看见王地主一手拿着农具，一手牵着女儿回来。遇上皓月当空、繁星满天的夜晚，才有空搭上一把长条凳一起凝望天空，边喝老鹰茶边唠家常话。老鹰茶是当地农村用一种樟科植物叶子制成的干茶，再用山泉水冲泡，滋味清香爽口。兴致盎然时，王地主趁月光攀爬到柿树上，采摘几个冬柿。"来！来！来！品尝一下父辈种植的尖柿。"他们边吃脆柿，边天南海北闲侃，但凡谈涉及具体家庭情况的问题时，王地主总是答非所问闪烁其词。

　　一天，大队来了一个地区文化下乡慰问分队，队部广播通知，晚上要在大队部晒坝上放一场露天电影。于是，大家收拾好农具早早回家吃饭，早早赶到场坝上去占位子。王地主女儿早早吃完饭，便倚靠在木门前，然后踮着脚尖蹑手蹑脚地走过来敲罗洪友的门，央求带她去场坝。

　　她说她很久没有去大队场坝了，很想出去看场电影。

　　罗洪友说："你父亲不去看吗？"

　　她说："父亲从来不去，也反对我去。"

　　罗洪友问："为什么？"

　　她说："反正道不出原委，就是不同意。"她拽着罗洪友衣服劝其说情。无奈之下，罗洪友表示同意去说服王地主允许他带其女儿出去。

　　这会儿厨房里飘出一阵炒菜的香味。

　　"嘿！久别的香味。"

　　这时灶膛里的火舌探出灶口，王地主用骨节粗大的手从锅里抓了一把热乎乎的蚕豆："来！尝一尝，犒劳一下自己。"

　　"好呀！"罗洪友一边说一边伸出手，"真烫！好香啊！"

　　"晚上大队部有场电影，我能不能带上你女儿去？"

　　他瞅了瞅说："还是不带为好，女孩匪得很。"

　　"我已经答应带她去，大人要讲诚信，她也同意跟着不乱跑。"

　　"那行！"王地主欣然同意。

　　她兴奋地关上房门插上门栓，不一会儿门吱嘎地打开，她扎着两根辫子，一双静谧的美眸像汪深潭，高翘的鼻子下是小巧玲珑的嘴唇，红彤彤的脸庞上露出了一丝灿烂的微笑。临走时，王地主塞给女儿一个由芭蕉叶叠成的袋子，嘱咐路上一定注意安全。为了看一场电影，太阳还高高挂在天上，他们就沿着一条空气中弥漫着湿润的青草味、马粪味的土路朝队部走去。穿过一大片松林，几只小松鼠在林中来回撒野，偶尔有几只彩蝶在飞舞，勤勉的蜜蜂不停地在花蕊上采蜜。她轻盈地顺着窄窄的田埂往前走，田埂上青青的绿草挂着露水，潮潮的，有点湿滑。她小心翼翼地甩着双臂，跨过一座由两根带着青树皮树干搭建的过溪木桥，进入一片开阔平坦的坝子。远远望去，那是一片人的海洋，聚集了数百人，大家相互打着招呼，这是一次全年难得一见的大集会。大人们有的推着鸡公车载着妇女奔跑；有的攥着青竹赶着鸭群；有的骑着自行车把坐垫支得高高的，双手插入裤兜里脱把在草坪上狂骑；赤脚小孩们还手拿拐枣边吃边跑，有的蹿出来彼此追逐着；蹬自行车的人车头撞上谷草垛子，人仰车翻引来笑声和喊叫声，这给山区里平时安静的人们带来了无与伦比的快乐。这时，生产队小会计迎面而来，用肩肘碰了碰罗洪友嚷嚷着："给你占了个位子，正面好位子。""谢谢！"罗洪友感激地说，小会计过去与他仅有几次照面，也算是认识的熟人。他又矮又瘦，头发稀少，是个心直口快、不藏不掖的热心肠。他咧咧嘴朝罗洪友一笑说："怎么还带来一个拖斗？""是小邻居。""哦！""是地主崽吧！"旁人道。"是地主小狗崽！哈哈。""少说点，不要太伤人，她还是个不懂事的小孩子。"罗洪友看着那双狂妄的眼睛厌恶地说。这时候，广播里传来下乡文化慰问分队领导南腔北调的讲话。稍后，开始放阿尔巴尼亚政府代表团访华的新闻记录片，首都二十万群众夹道欢迎。随后是电影故事片《南征北战》。大家十分专注地观看，在黑暗中罗洪友听到坐在身旁的王地主女儿低声啜泣，看到眼泪从她脸颊零落而下，便探过身子用手臂紧紧搂住她，她把脸埋在他的肩膀上。散场返回途中，残月渐渐隐于结霜的树林之中，罗洪友背后传来阵阵嘎嘣嘎嘣嗑蚕豆的声音，在那宁静的夜晚里是那么清脆。过了几天，罗洪友到生产队办事，小会计老远就打着手势要他过去。在谈到王地主家情况时，小会计讲王地主老婆十分漂亮，又知书达理、勤劳能干，是方圆数百里的美人，也不知中了什么邪，硬是不顾一切成了王地主的妻子。当然成家以后因为丈夫头上戴着地主成分的帽子，她额头上似乎深深烙印了这个标签，走到哪里，哪里都是横眉冷眼。每逢有人群聚集的地方，总有人指指戳戳，甚至有的人用手指着她。"喂！地主婆，你过去是怎样骑在人民头上作威作福的？""看！不好好做人，今后就像她那样当地主婆——婆娘！""婆"字故意拖得很长，拖得撕心裂肺。

只要她到场部，她身后总有几个小孩子追逐，边追边吼："地主婆、刘文彩、周扒皮。""周扒皮、刘文彩、地主婆。"这年年终，场部在晒坝上分口粮，其他社员、知青都喜气洋洋依照当年工分领取到一大堆大米、面粉、玉米、油菜籽。轮到地主家余下的就只有地上混有土渣的大米、玉米、柿饼和带有杂枯的油菜籽。这还好，有时还有人走出来设计出一场恶作剧，存心叫她"地主婆"，让她当众出丑难堪。他们拿起话筒吆喝："喂！某某地主婆——婆娘，把人民给的棉衣反过来穿，把扫帚举过头顶。"行云飞絮弄花熏，一春弹泪叙凄凉。她蒙蒙地看着台上，自知罪孽不敢抵触，索性顺意地脱下棉上衣，衣衬里露出一片片白花花的棉絮，裤腰肥肥的打有褶子。翻过来反穿上棉衣，然后，她昂起头绷直身体高高举起拾起的扫帚，鼻翼翕动着，上衣与裤腰之间露出雪白的肚皮，不一会儿双腿弯曲，身体大幅度地摇晃招来一阵嘲笑。这时，她才能够将余粮扫在一起，装入有补丁的布袋里，算是领取了全年的口粮。恶作剧的始作俑者至终不会明白，正是这些嘲弄断送了她求生的本能。拟歌先敛，欲笑还颦，最断人肠。就这样在一个秋雨如烟雾的夜晚，在没有任何前兆下，她悄然丢下了丈夫和可爱的女儿，投河自尽了。香屏落花，山河依旧，蟋蟀继续在凄冷冬雪的杂草丛中啼叫。山区和场部最多缺了一个取笑的乐子，或又寻求到另种开心方式。从此以后王地主痛失了正值芳年的妻子。之后人们时常看见山沟里多了一对手牵手相依为命的父女，父在前女跟后，日出而耕日落而归，周而复始劳作再劳作的情景。

　　秦岭西段嘉陵江上游，自古以来民间就传承着上山采摘中草药的传统。这一带高山峡谷之中生长着一些名贵的中草药，但采摘草药危险系数极大，这是勇敢者的行业。生产队有几个脑子灵活的社员，因为生活窘困，开始从事上山采摘中草药活计。地主因为家穷，也经常带上干粮和麻绳跟着上山者采药。雨后的溪在咆哮，水气沿着山谷随风飘荡。王地主经常把绳索绑在悬崖的大树上，系上绳扯上几把，捆牢固后便独自放下岩壁。岩壁潮湿溜滑，他每次不得不小心翼翼地采摘新鲜金耳环、白首乌、白芨白、隔山撬、隔山消，有时走运采到铁皮石斛、青龙盘等售给供销社中药材公司，利润颇厚。但好景不长，随着采药队伍和采摘范围扩大，难度也越来越大，王地主徒步更远收获却越来越小。王地主在一次攀崖采药过程中，不慎坠入深谷被滚滚激流卷走，至今下落不明。几年以后，王地主的父亲从海外回来，将王地主留下的唯一女儿接到香港。那已是1979年的事了。

与枯燥沉闷的环境比，山区农村从外表看的确到处都是悬崖石块，周围环境本身就是烦恼。从这个山头往对面山头一眼望去云雾缭绕，得爬坡上坎大半天才能看到，人们总是沉浸在烦恼之中，挑水买盐打酱油都得走数华里路。然而凡是在山区农村生活过的人，无不依恋那平凡的日子、平凡的人和事，那落在瓦房上弹出清脆咚咚的雨声，那夜间狗与野猪对峙的号叫。由于山区农村没有红黄绿蓝的点缀，只有山区的质朴和胸襟。所以，人们不得不承认，在那里生活的人内心不是麻木而是更加坚强，那么那里的人必定是受到一些无形因素的激励或者吸引。不然，怎么会让那些诗人、画家不远千里风尘仆仆赶来，又怎么能够使人在简陋的土坯房里、在油坊沟的木栅栏旁、在云漫山庄附近的清泉边、在蝶花巨石撩裙舞剑之下、在摄影爱好者笑逐颜开的安宁之中，敞开心扉、开怀痛饮或者扬琴拨弦、翩翩起舞。知青们用勤劳和智慧使千百年荒山变良田，印证了中国人行。

初试剑锋

    一晃就是四年零三个月，伴随着知识青年大返城的浪潮。罗洪友去福建当兵，孙栋善和章正成又重新回归城市，开始寻找自己的坐标，他俩很幸运地被地区安置办公室分配到一家大型国防军工企业的工贸商店做大集体企业员工。罗洪友接受的教育较少，他的思想仅停留在没完没了的幻想之中，他是随着幻想一起长大的，只要能够摆脱那腻味的农耕农活，去当兵服役是他最好的选择。章正成到商店从事采购推销农副产品工作，他曾在县农业机械制造厂做翻砂打铁工作，练就了吃苦耐劳和精打细算的性格；从产到销，从发货到收货，他都要熟记每个型号、每个品种，了解质量价格和信誉。孙栋善是一介书生，除了站柜台售货，商店里写写画画的事全都交给他一个人倒腾，反正再忙，商店财务报表、商品明细账他都要按时汇总上报。他懂得梦想是与每天的琐事紧密相关的，明白只有关心平凡事，接受平凡人，才能强大自己实现自己的理想。

应该说一切依然如故。参加工作后，由于单位按照工龄、职务职级排队分配福利性的住房，僧多粥少，他们只能居住在一栋两层苏式木板楼房内过着集体生活，用公共漱洗台、公共卫生间。多年以后，恰恰是农历闰五月，国家下发了文件，开始进入住房建设市场化和住房消费货币化阶段。由此以来，城镇住房制度迎来了一次根本性的变化，实物分房叫停，住房分配货币化走向舞台。省市各级政府立即响应，陆续下发文件，要求原有单位职工住房必须一次性买断，规定期限内办理完善房屋、土地产权手续。各单位立即突击性地将所有原闲置的或空置的用房全部拿出来，按当时市场价格分配给无房户。新入住旧房子的人无论面积大小必须一次性交纳房款，原则上交纳金额几千元后办理土地、房屋双证。十分具有诱惑性的政策，无论怎样人们终于盼来了属于自己的房屋，有了"金窝银窝不如自己的狗窝"的希望。机会难得，欢欣之余就是去筹款，甚至有的人偷偷跑到献血中心去验血卖血。周围所有的家庭都在东凑西借筹备房款。就当时而言，几千元是一笔天文数字，是上班工薪族省吃俭用十几年才交得起的。况且，当时专业银行没有抵押物是很难贷款的。商店单位又不同意事先把房产过户到私人名下，孙栋善这几天急火烧身，嘴里冒起了无数个大火泡，热菜热饭吃不下去，家里瞧来瞧去也没有几样值钱的物件去兑换碎银。怎么办呢？孙栋善无心在单位上班做事，跑出商店乘坐4号公交车返回宿舍，倒在床上蒙着大棉被就大睡特睡起来。想到如今，那些胆子大的人趁着改革开放初期，投机倒把做生意倒差价昧着良心赚大钱。而自己插队落户吃尽了苦，返城后工作踏踏实实任劳任怨奋斗多年，为什么竟连几千元的购房款都拿不出来，还每天为凑这款发愁。论本领论学识他也不比别人差，却实现不了财务自由。叹息之余，还得想法子去筹款。平时，他报有今朝有酒今朝醉的思想，没有多少储蓄，家里家外跑了不知多少次毫无结果。素来快乐活泼的他变得无精打采。这时候，他想到了曾经因为打架斗殴判刑入狱的中学好友荣生，荣生出狱以后购买了一台东风牌104货车搞个体运输，倒卖水泥生意火红。俗话说：人穷志短，他只好放下身段主动联系，然后倒出自己的苦衷。同学荣生没有拒绝，他说这几天筹款找钱的人不少，三四千不是小数，得回家与老婆商量一下。又说干脆明天来拿，只是要打张借款条，人熟不如理熟，明确一年偿还。孙栋善连忙道谢，拍着胸脯说："一年就一年，明天就把条子送去。"次日房款落实，他立即回商店办理缴纳房屋款项手续。

接下来，也就是借钱的那个炎热夏天。他变卖掉家里所有值钱的家用具，比如电风扇、四个喇叭的收录放机、电唱机，甚至卖掉了两套古典书籍，到旧货市场上购买了一部破旧的脚蹬三轮自行车。那是一辆手把锈蚀、手柄脱落、车架断轮缺齿的车。他蹬着吱嘎吱嘎响的三轮车来到宿舍楼下，走上木板楼找来一些工具，然后拿起工具更换车轮、车轴，在车链上打上黄油，用漆壶满车一喷一刷，自行车就焕然一新。周末轮休日，天蒙蒙亮，雷雨交加，雨不停地下着，落在地上发出噼里啪啦的水声，顺坡往下流。他喊上好友章正成穿上雨衣，顶着大雨蹬着三轮车朝市区最大的商品批发交易市场而去。天空就像打漏似的，瓢泼大雨倾盆而下，地面上多出了很多水坑，街上的行人纷纷躲避这猛烈的大雨。很快他们冒雨赶到市场搜罗儿童服装、儿童玩具、童车童椅、妇女化妆品、乒乓球拍、篮球、足球、围棋等，塞满了一车厢。晚上拉到市鼓楼夜市上开始了他们人生第一次练摊。鼓楼夜市规模不大，从几个小摊小贩地摊演变而来。由一条南北走向的街道贯穿，有些凌乱，在农资公司附近有个大斜坡，斜坡上是一条穿城而过的地方铁路，它源源不断地把当地煤炭、木材运到外地，也把外地的机器、钢材运输到本地，同时它把城区分割成两段；坡的下方有个贯通南北的大涵洞，以涵洞旁财神楼划界，南侧称南街，北侧为北街。自古以来，北街是政治、教育、文化中心；南街是充斥着生活用品、手工业制品、商业流通、河运码头的地方。夜市发展至今从财神楼到北街幼儿园门前，街道白天行人行车，入夜开始摆摊设点进行商品交易。百货公司街道中央搭建了一排固定门面，是美食区，大多是地方小吃、甜点之类，有烧烤羊肉串、卤鹌鹑、麻辣烫、凉粉、麻圆、水果泥或冰水。街道两侧众多的临时摊位门槛低，主要经营日用塑料制品、服装、藤编、小物件、儿童玩具、小电子电器产品等，偶尔蹿上大华纺织厂退休女工雕绣的布艺小人、沙发套算是捡漏一大收获。夜市末端是电器音响摊区，摊区前铺设有红色地毯，在强烈的打击音乐下，当地歌手手持有线麦克风引吭高歌，像打了鸡血似的又喊又唱吸引人们眼球。兴致浓处，观众中还出来个飙歌的，偌大的市场顿时活跃起来，大家围过去跟着节拍嘟噜噜哼着、唱着、舞动着、跳跃着，不分是当地的还是外省的，不分男女老少，大家尽情地释放、享受着这种气氛和快乐时光，不时还有人窜出来拽拽衣服问要不要黄带水货。

孙栋善他们把组织的商品、用具、服装摆上去，十分对路走俏，但是他俩唯独畏惧的是见到单位同事和熟人，脸面挂不住。一天，正当他在摊位后面整理商品，顾客看中了一件儿童套装，问："这套衣服价格多少，能不能降点，是纯棉的吗？"他头都没有抬就说："价高是有价高的理由，衣服胸前袖口都是人工绣花，全棉制作。"而顾客指着衣领上露出来的线头说："打功太粗糙了。"他说："最多降8元。"扭头转过来着实把他吓了一跳："这不是刘科长吗？"刘科长显然也认出他，诧异道："你们老早就跑出来，原来是学练摊儿来呢？""出来帮乡下兄弟守守摊，刘科长你拿去，我免费哈！""那怎么行？衣服成本价还是要给的。""不用！只要平时高抬贵手，上班睁只眼闭只眼就行啦！"孙栋善应声道。碰上单位领导也只能自认倒霉贴进去了。几个月下来，一测算，每件商品纯利30%，童装童具销路好利润翻倍，他提前还了荣生的借款，还赠送给荣生一个韩国生产的电动刮胡器。

尝到甜头，他俩又盘下了市中心鼓楼商场一间两百多平方米的营业房，挂起了"老味道汤锅店"的招牌，利用工余时间雄心勃勃地决意闯出一番天地。当天孙栋善就到工商所申报工商经营执照。所长说，办饮食服务行业经营手续繁杂，必须要有场地证明，卫生、健康、防疫、消防等部门要签署书面意见，才能书面申请经营执照，证办下来最快也得两个月。他心想营业房租用协议已经签订生效，协议规定每月租金必须按季度交纳，也就是平均每天租金六十元。他们动用各种人脉关系，在他们的再三恳求下，经验资和经营场所核实后有关部门表示可以先试营业，待领取经营执照后再大张旗鼓地搞仪式。开饮食店并非人们想象得那么简单，商品经济与市场经济双轨制的剧烈碰撞下，工商、税务、食品卫生、防疫部门各司其职，各管一段。好在孙栋善擅长协调，章正成又乐于研究川味烹饪，他总能从看似平凡的食材中发现妙趣。他与厨师共同研发了芋儿烧鸡，即将鸡肉浸泡在特制底料之中，让鸡肉在香鲜麻辣中焕发出油亮本色，放入子芋炒制，加入高汤炖煮出锅，鸡肉嫩滑、脆爽香辣，配上原汤油碟让来客回味。试营业期间，他的另道招牌菜鲜菇炖鸡汤锅也广受好评，高汤入红枣、枸杞，加菇菌熬制底汤烹煮使鸡肉滋鲜味美，一时间"老味道汤锅"声名鹊起。有天晚上，汤锅店里来了几位顾客："喂！老板来六个人的芋儿烧鸡，多加芋儿，味道大点浓点。""好嘞！是什么让你觉得不对胃口？"他经过前台瞅着说道。"上次麻味清淡返甜，远方客人要求吃正宗的川味。""哦！今天来得正是时候，有几只山林放养啄食野果草虫的灰鸡，肉质细嫩鲜美要不来只？""要得！要来就来个双个的，两只鸡。一只汤锅一只凉拌。麻辣鸡块切大点。""行咧！上盘泡椒凤爪免费！"菜上桌，顾客们拈上红椒芝麻粉，入口味鲜嫩不柴，舔去沾在嘴唇上流淌的红油，那滋味如同添加了什么佐料，引来顾客们的称道，他们的生意蒸蒸日上，一天比一天好。

　　一天晚上，几个年轻人包了一间大雅，呼这唤那，店员从后堂端上一锅翻滚的鸡。一青年站起来用钢勺扒拉着说："这只鸡有猫腻，动了手脚，数量不足要投诉。"店员客气道："先别闹，我们马上核实情况。"小青年不依不饶坚持说缺斤少两。店员核实情况后确认鸡的重量没有问题，指出是当面认秤宰杀的，让他不要找事，价格可以打八折。可这帮人存心无事找事，边吃边闹临近打烊买单结账时，一个留着长发的青年攥着酒瓶呼啦从座位上起来，撺着其他人边走边骂，余下人顺着往外溜。"想逃单。"店员发现后立刻上前阻拦，那青年五大三粗地拿起酒瓶就砸，嘴里还咕噜咕噜说个不停。轮值的孙栋善眼明手快出来制止圆场，这些青年口吐狂言要砸场子，然后操起凳子就朝吧台砸去。这时，也不知是谁递给孙栋善一根木棒，孙栋善在躲闪过对方砸来的第二个木凳后持棒追了上去，也不顾对方有多少人，大声吼道："今儿谁在店里吃谁就得付钱。不付的别想出去。"折腾了大半个时辰，对方自认理亏但身无分文，孙栋善只得扣下他们一辆永久牌双杠自行车。

财气如水，水性润下。只有把自身放在下游，才能和大量的水为伍，水才能汇聚更多，别人才会来照顾生意，使你不由自主地跟随它向更聚集方向发展。唬归唬，和气才能生财。半年下来，汤锅店生意进账数万。就在这个关键时期，菜籽油每斤上涨七角，大米每斤涨两角。为了降低成本，他托下乡时认识的区供销社采购员购买了五百斤质量上乘的自产菜籽油。正好赶上汤锅店接了一个大订单，一对恋人婚礼宴席三十多桌。婚宴那天，热热闹闹，市食品厂领导代表证婚方祝词表示祝福。开席后，大家连吃带聊，京味、川味、晋味各式猜拳声与酒杯撞击声此起彼伏，十分热闹。开席多时，忽然间小王呕吐，张师傅休克，还有人倒地，喊声一片。几小时不到，就有二百四十三人发生头昏眼胀、四肢无力及休克症状。市急救中心救护车响声不断，立即对食物化验检查，市公安、食药、卫生防疫部门立即封店封库。经过省、市有关部门抽样化验证明结果是食物中毒，原因是装菜籽油的铁桶出了问题。有几个原来装过桐油的铁桶清洗不净，自留杂物甚多。桐油系大戟科植物油桐，有清热解毒收湿杀虫功能。但口食后对人体肠胃刺激大，易产生致癌物质造成严重后果。事件直接导致市食品厂停产关门一周，医药费、治疗费、抢救费高达数万余元。汤锅店已经无法继续开下去了，不仅利润全部搭进去，甚至连投资的老本也贴了半截。刑事免了责，民事赔付后余款几个合伙人平分。可惜那营业执照直接注销，还闹得满城风雨。

孙栋善拖着疲惫的身体蹒跚地走在南坝滨河路的小道上，现在可是骑虎难下。他开始反思自己，汤锅店生意兴隆时，他被盈利消磨掉了什么呢？处处莺歌燕舞，慢慢掏空了他的锐气，耗费了他的斗志，让他成天陪人海吃海喝无暇顾及经营管理，食品安全验收环节脱管脱控导致这次事件发生，是偶然也是必然。他与单位签订的停薪留职合同尚未到期，目前还不能回商店上班，只有另寻机会再说吧！

人生有得有失，各有渡口，各有各舟，失去的也许是另一种获得。章正成已经没有退路可走，当初汤锅店生意兴隆，他坚持要辞掉商店工作，他想干什么呢？这个问题大家都搞不清楚、搞不明白，连他自己也说不清道不明。有人说干吗呀！这么好端端的正式饭碗不端说走就走，是不成熟不稳重的表现；有人说是他工作不顺心，期望值过高不能满足；也有人说是家庭经济原因，购房欠款多，与家人赌气才递上辞职报告的。商店经理语重心长地劝他不要辞职，不要丢掉铁饭碗，可以工作生意两不误。可他就是四季豆沾盐油盐不进，头脑发热以为凭借自己的能力应该混得出名堂，说辞就辞了工作。人有时候总希望好日子会理所当然地持续下去，但是世上没有什么是永恒的，好端端的汤锅生意，灾难毫无防备突如其来地降临，汤锅店突然关闭，生意本金赔进去还没有回头路。当初合伙办店的主意是他出的，自己损失最大。生意就是生意。早晨起来，他拧开一个自来水龙头双手捧着一把凉水在脸上一抹，又用梳子蘸点凉水在头上一梳头一甩，两个肩膀往前头一送，便看到窗外嘉陵江西岸行驶的电气化列车。他面对目前的困难整理了一下思绪。在当知青的时候，无论遇到什么样的困难他都保留着一份超脱，都敢于放弃那些不属于自己的东西。他性格刚烈，但对事物特别随性，不较劲不较真。现在他什么东西都不去想，什么事情都不去费劲。早餐过后，他趁着太阳升起来就出门散散心。他走着想着，突然一阵大雨倾盆而下，雨势越来越急越来越大，将他和一群人驱赶到附近的一个公交车候车棚檐下。身旁拥挤的人们盯着大雨紧绷着脸，似乎还没有完全反应过来，呆滞地站在那里，时间就这样滴答滴答一分一秒地过去，雨还下个不停。突然有人打破了沉默，自言自语地说："这天呀！如同小孩子变脸一会儿蓝天白云艳阳高照，一会儿又雷雨交加把人淋成落汤鸡，真烦！"有人开始附和，几乎所有的人开始闲聊起国道股权、冶金票来，这气氛使大家亲切起来。透过雨声章正成无意间听到一个信息，由于宝成铁路山体塌方，石油成品油市场供应紧张，沿线许多乡镇的农业机械停摆。不一会儿风雨骤停，太阳又烘烤着大地。章正成获得这一信息后，立即利用供销社关系搞了两吨70号汽油转手获利数千元。信息就是生产力，他又抓住契机经人介绍与北疆石油管理局联系，前往北疆军区后勤部鸿雁宾馆与自称北疆石油管理局设计院总工程师、局内保科长等四人商谈购买油料之事。对方开出条件：一是汇款十万，现金三万；二是提供银行资金证明书、法人委托书、地方政府救援书、单位介绍信、单位合同书"五书"。为慎重起见，他专程前往北疆石油管理局、区石油公司王家沟油库核实情况，得知这是一伙专门从事行骗的油贩子以后，他迅速地搬到了天山大厦并立刻购买返程车票。由于内地连降暴雨，宝成铁路塌方，客货列车中断运行，恰巧遇上管理局因故退乌市至西安软卧车票两张，章正成于次日6:30从乌市天山大厦起床吃完早饭，步行至人民广场、工会大厦，在一个十字路口搭乘夏利出租车到乌市火车站，经过车站工作人员验票、核实身份进入二楼软卧候车室，登上了98次17号车厢五号包厢。这时火车启动，软包车厢对面坐着两位乘客，他们主动介绍自己是吉林省粮食经济学会的理事延边面粉厂郑厂长、延边市工商银行行长。互报姓名和职业后，郑厂长介绍这次他们是应邀出国学习考察，从东北进入俄罗斯、吉尔吉斯斯坦、哈萨克斯坦国考察后途经新疆返回，出去主要是俄罗斯一家飞机公司在吉林长春推销产品，有关部门邀请他们到延边市参观考察。俄方代表在延边市提出可以通过以物换物的交易形式，用飞机及附属产品与中方的面粉、挂面及生活日用品进行交易，但条件是俄方代表及家眷返程费用全部由延边市开支。

经省粮经学会批准，同意组织他们出国实地考察。当时俄方经济下滑，生活物资匮乏，社会治安不稳定，谈判补充了一些具体的事项和内容就基本上达成合作了。章正成无意之中留意了一下俄方冬季羽绒服市场缺口大的信息。回到内地，他立即到市计委了解省内羽绒服装厂情况，得知有家工厂积压了大量羽绒制品，他立即赶往该工厂说明来意，希望能帮助该工厂推销库存产品，由于熟人的担保预支货物保证金50%。他又迅速与吉林、与俄方经销商联系，俄罗斯方采购人员看完样品称赞这货是优质品，只是生产工厂品牌名气小，销路与大牌货比价格相差30%，经过双方沟通协调最终成交。几番倒腾几番成败，这次他总算挖到了人生第一桶金。

股市莫测，风云变幻。1999年5月19日从最低1057拉起了一个大阳线连续涨幅70%，市场亢奋，成交量大。但随着国家清理整顿证券交易市场等一系列政策的出台，以科技股为引领爆发了新一波延续两年的行情。沪指接连突破，整数关口创下历史新高，行情突变，事先没有任何征兆，在八个交易日下跌之后，指数几乎沿着一条 60 度倾斜的上升通道攀升。最初孙栋善对股市行情毫不关心，可后来越来越多的人在股市里轻而易举地赚到了钱。他迅速投资购买了三只股票，同时天天蹲在证券大厅了解股票信息，指数攀升买什么，短线炒什么，长线炒什么，一个半月下来账面资金达 189 万元。股市时有涨落，就像过山车，一会儿抛出一会儿吸纳，反正盘算一下还是满仓套牢动弹不得，可谓来也匆匆、去也匆匆。孙栋善从充满投机性的证券大厅中走出来，顶着烈日喘着粗气乘着公交大巴车从海口向港口急驶，一路热浪使他晕头晕脑汗流不止，到了港口一抹，全身黏糊糊、臭兮兮的，得知台风即将来临，去北海的渡船停航，他没办法只有等待。海南岛属海洋性气候，十分潮热，同行的几个朋友个个乘飞机而去，为了节省机票费用他滞留下来。这几天他天天在港口与宾馆的路上打听通航信息。偶然间，他认识了长期在海南打工的几个农民工。闲聊中得知他们都是四川隆昌人，当地人多土地少，忙碌四季年人均收入不足几百元。于是当地政府鼓励农民劳务输出，而这些人本着出来见见世面的心态来到海南，在农场种芦荟和香蕉。交谈之中，他们笑呵呵的，是那么怡然安泰，似乎对生活困厄辛劳郁闷全然无畏。他们在农场里干最脏最累最险的活，住潮湿低矮的工棚，吃简单的饭菜，抽廉价劣质的香烟，偶尔涮涮以郫县豆瓣为底料的麻辣火锅算是打个牙祭。他们嘴巴老是说个不停，但又是那样豁达开朗；他们把省吃俭用节约下来的每分钱汇回家乡，供养父母兄弟姐妹上学和生活。他们的生活贫困，但精神却显得雄健和洒脱；他们始终让你激情奔放、热血流动。

平地起风浪，风过便无浪，无风起处潺潺浪滚。风头不顺倒海翻天，哪见什么平地，白茫茫一派浮光掠影，昏沉沉满眼举世滔天。人生不易，每个人对外展示的都是光鲜的那面，其实最难最苦的那面都隐藏起来，待到夜深人静的时候，把心掏出来自己温暖后再塞进去。转眼间囊中羞涩，还好种棵属于自己的小树，总比天天守着看细雨高楼哀叹要好。

孙栋善瞧着这些农民工的风景，自己内心顿时坦然，这坦然来自亦喜亦悲亦浮亦沉的心路历程。人在虎豹丛中健，天在山峰峦缺处明。理性之船在暗夜茫茫海面上露出它的桅杆，干枯的生命被激活，使他重新追寻生活的大流找回自我。人正是在与困难较量中认识自己，大路千条，找到一条适合自己落脚之路才是智者。人人都想成功，人人都想成才。成功不易，成才更加艰难。他一心向上，然力不从心，身在商海却猛然扎入股市，脚在滩上却更像在海中漂荡，胸中郁闷故陷入紧张的泥潭不能自拔。

这段时期企业正在经受大市场严峻的考验。地方政府大刀阔斧地开始探索在产权制度方面的改革，市里在会议上多次暗示希望章正成收购濒临倒闭的羽绒服装厂，为企业寻找一条新的生存发展契机。按照常规发展模式，章正成已经度过了创业之初的艰难时期，拥有了步入良好发展的资金平台，他应该盖厂房、购机器、招人员。但是经考察后他走了一条省时便捷快速出成效的路子，那就是与羽绒服装厂员工共同出资、共同参股收购羽绒厂，建立了省羽绒制品有限责任公司，章正成出资占百分之八十五的股权；员工出资占百分之七点五；其他股占百分之七点五。职工出资者数百人以两个自然人姓名共同持股。公司股东发生重大变更，在完善公司组织结构后，章正成狠抓产品设计，注重质量控制，经省、市质量监督验证考评，该公司羽绒服荣获省部级优质产品。虽然企业市场竞争发生巨大变化，经营成本增大、利润摊薄、银行账户时常出现赤字，但公司新老员工心往一处想，劲往一处使，采取"走出去请进来"的方式，订货单还是源源不断涌来，常常是为了一批订单出库，大家不分分内分外，不计报酬加班加点干活，希望企业早日纾困走出窘境。

求学之路

当孙栋善得知章正成羽绒公司融资困难后，他从股市抽出近百万帮助羽绒公司舒缓资金。同时他放下手上的一切事务，开始集中精力安安静静地坐下来复习文化知识，迎接一年一度的全国研究生考试。他喜欢陶醉于阅读书籍，书里炽热的光芒使他越读书越觉得自己的知识匮乏，越觉得他自己的生命在颤抖和害怕。他多么需要强识富脑，多么需要更多的知识来垫高自己的厚度；他每天死记硬背各种公式方程式，每天都安排得紧紧凑凑，还抽出时间步行到市文化馆阅读时事政治。他机械枯燥乏味的学习忘掉了自我，复习半年多的时间就参加了全国统一的研究生考试，并以高分成绩被北方某大学经济学院录取。

　　深秋时节，孙栋善拎着那只棕色的手提箱，乘坐特快列车向北京天安门方向进发。这只手提箱是爷爷留学归国带回来的，父亲留洋使用后又传承给孙栋善。手提箱年代久远，因为受潮两排古铜色铆钉磨得透亮，边沿斑驳锈蚀，左上侧雕有一个硕大的粉红色花朵，十分耀眼。那是插队时老鼠闻到箱里饼干的香味，长期啃嚼打洞而形成的遗憾。为弥补这一遗憾，母亲特意请教生活用品厂的编艺技工师傅设计雕绣出这个图案。嘿！暗淡了世事沧桑，刀光剑影、彩旗锣鼓和夜市吆喝声，他瞧着手提箱已不再装着生活必需品，而是满满一堆沉甸甸的书籍。可以说这手提箱是时间的归隐与沉淀，它散发着温润的岁月之美，它承载着几代人的希望和重托。踏入这所环境优雅具有百年历史的学府，有图书馆、未名湖、石塔等知名建筑，有蔡和森、李大钊的纪念碑，有高大圆柱的华表，真是令人羡慕的大学啊！大学生活和他原先的生活方式迥然不同，在班上他精力充沛，像一匹脱缰驰骋万里的骏马吮吸着文化大餐。他乘坐市公交汽车到吉祥剧院观看杭州曲艺轻音乐团首次来京汇报演出，江南呆派著名滑稽演员龚一呆、江南十八笑星之一周志华同台献艺。他还参观了中国工艺美术全国工业品展览，有湖南艺人黄淬峰的《望月双面双屏绣》、北京黄永钜雕刻的《双凤朝阳花航玉雕》以及47毫米高的国家罕见珍宝《四海欢腾》。年末，北京地区普降大雪，一天自习课刚下，他就和同寝室的小马一道乘地铁去中国历史博物馆，参观魂系黑土地北大荒回顾展。在经过博物馆大门左侧时，有一张《吃饱再干》的照片吸引了他们，照片上是反映六位女知青在一块玉米田上吃午餐的情景，照片摄影者是四师三十七团青川龙场的王晓玲。就在他俩准备离开的时候，一对中年夫妇牵着一个女孩，小女孩一边看一边比画，忽然间她指着一张发黄的相片说："妈妈、妈妈，那不是你吗？"闻声而视，女孩的母亲没有直接回答也没摇头否定，只是默默地向前继续走继续看。参观完后在出口签名处，小女孩留下了一句话："爸爸、妈妈都是北大荒人，我是北大荒的后代，我要发扬北大荒的精神。"署名"五师五十一团嫩江县中山车站九岁女孩黑土地"。带着沉重复杂的心情，孙栋善与其同行的一群人拾梯而下，其中有位穿橄榄色制服的人说："我之所以返回北京是因为当时我父亲在绝密单位，妹妹大学毕业也分配到国防单位，父母、妹妹都是搞尖端科学的，轮到我只好分到保卫祖国的行业之中去了。"周末，学院学生会组织大家去中关村中科院大礼堂观看海外优秀影视内部观摩片。晚饭后，大家乘 320 公交车在学路口下车，首场观看了由澳大利亚麦克尔罗伊影片公司出品，迈克尔·劳伦斯编剧，卡伦·阿瑟导演，著名影星瑞贝卡·杰克林、杰姆斯·雷思、温黛·修斯主演的《重归伊甸园》。这是一部十分动人的故事片，描述了澳大利亚夏氏矿业公司富有的女继承人丝蒂芬妮·哈帕终于得到了梦寐以求的白马王子——网球运动员格里克·马斯顿的倾慕，正当她陶醉于新婚幸福之中时，丝蒂芬妮·哈帕遭到新婚丈夫格里克谋害。她侥幸从鳄鱼口中逃生，但容貌被毁奇丑无比，经医院多次整容改头换面又成为红极一时的时装模特，她决计重返伊甸园跟格里克复仇！一场围绕血与泪、爱与恨的生死搏斗将影片推入高潮。看完影片，市公交车早已经收车，孙栋善冒着大雪与学院几十位同学一起骑上十几部自行车返校。一连多日晚上，他们前往观看 210 分钟的《本赫》、90 分钟的《狼妇》、153 分钟的《午夜情》，饱尝了国外的影视文化大餐。

　　他深深感受到京城的文化氛围，他感受到幸福，因

为他觉得自己和世界相连。每当学院广播里有关于北京
农业展览馆、美术馆和其他报纸上刊发新的电影预告，
工业、美术、艺术展览会信息他都详细浏览关注。一
天，他做完功课就拉上小赵出校乘上拥挤的公交车向动
物园方向进发。在人大公交车站，他看见在汽车启动前
挤上车的一个女子，她身穿草绿色军大衣，头戴五颜六
色的毛线帽。公交车时刹时停，站着的乘客你碰我我碰
你，有人叨唠有人抱怨，在议论声中他抬起头看清了身
旁的陌生女子。她戴着一副耳机，面带三分含情，身材
丰韵，正在跟读英语。可是风夹飘雪穿过车窗落在她脸
上，让她有打冷战的感觉，她叹了一声把脖子深深地收
缩进自己厚实的军装大衣里，然后继续叽里呱啦地念
着。一股喜悦的暖流涌上了孙栋善的心头。在首都体育
馆下车，一台大型 Y—230 装卸机驶过，转过身来，他
看到这个女子已经走到街道对面。当他穿过街道，她已
经远远消失在人流之中，突然他被什么刺激了一下，也
道不出什么缘由，只觉得心里空空荡荡。首都体育馆
坐落在海淀区白石桥东侧，东邻北京动物园，西邻紫竹
院公园和北京国家图书馆，始建于 1968 年，是北京规
模最大、功能最多、适用范围最广的体育馆之一。北京

亚运会女子体操全能比赛正在进行之中，孙栋善在场馆坐下，眼睛四处搜寻那张陌生的面孔，场馆人海茫茫，显然这些都是徒劳的。赛场上中国体操小将杨波在平衡木决赛中跌下失利，也成了赛场遗憾。后来，他连续多日都是在这种迷糊状态下踱来踱去，室友以为他是成绩下降压力大，情绪波动过后就会好起来。而他经常一个人毫无理由地乘坐公交汽车绕道路过人大公交站。

庄燕很生气，她好不容易搞到两张亚运会女子体操决赛票，闺蜜失约浪费一张，她只好一个人匆匆赶上公交汽车。一位男士给她让了个空间，抬头望去这男子似识非识的，还好赶上了观看比赛。

周末，她习惯到学院图书馆看书做笔记，在书中寻找乐趣。一阵不知道是什么铃声打破了寂静，她抬起头凝神谛听，像是蹲伏在隐处盯着前方，他——公交车上的他。她坐在那里血液沸腾，心儿在蹦跳，她低下头全神贯注地倾听着，这男生不知融汇到什么旮旯。隔着很远，心拉得很近；离得很近，实际上心却扯得很远。孙栋善一进门就看见她，他很想知道怎么与她竟然在同一校园，是校友。噢！噢！他拍着脑袋直晃。庄燕这时坐立不安，她把录放机的耳机带上，极力想用英语声来遗忘大脑的杂念，保持女性心中的世界。公交车上和图书馆的相遇总是无意识地纠缠她，很难让她调整好自己的神经。自从知道他是本院校友，她一有空就去学院图书馆，她多次无意识地抬起头环视，寻找那个既陌生又熟悉的面庞，这时候她体内血液在激荡奔流，逐渐露出心中的奥秘。她要了解他，要把自己跟他联系在一起，她有一股强烈的冲动，一种盲目的本能导致她想要获得和占有，她感到在他身上深深地扎下了安全与生命之根。他真的来了，多次来到学院图书馆，还是无言的烦恼，擦肩对视而过，他们似乎已经看到这感觉的存在，而且正在折磨着对方。孙栋善的心一片混乱，这种状态像雾似的离不开、破不了。为了慎思，她掩藏起自己的心路，关起心扉忘掉一切，每天发奋读书。几周后，他终于了解到她，要认识她。她叫庄燕，河北唐山人，学国际政治学专业，学院学生会宣传委员，人称小西施，是唐山大地震的孤儿。大地震强烈的震颤将她及家人埋入地下，多亏母亲用身体形成一个空间将她保护下来。震后，解放军从倒塌的废墟之中把她扒拉出来，她面对周围的世界，面对倒塌的房屋哭着喊叫着。在地方政府的关心下，作为孤儿的她被疏散到西南地区一家大型军工企业，由姑姑姑父代养。那是一家地处祖国腹心地带的军工企业，姑姑和姑父都是哈尔滨工业学院自动化仪表专业的老三届，后来又留苏学成归来。姑父放弃在北京科研单位工作的优越条件，组织上一张调令，他与来自全国三十多所大专院校、科研单位的学者、专家们一道汇聚在方圆几十公里的大山沟里，用自己的双手搭建起一排排干打垒土房。那时候，本着先生产后生活的原则，企业的各种条件极差，每逢冬季西伯利亚寒潮来临，黄沙铺天盖地，有时早晨起来整个屋顶就成了通天的天井。姑姑姑父为了事业没有自己的孩子，他们都十分疼爱她。姑父是一个事业心极强的人，他是主动申请参加三线建设的，凭借着台式计算机单调的机械动作进行了物理总体力学计算；他的工作室离生活区很远，经常工作到深夜。有一次，为攻克一课题几天没回家，待他乘班车返回生活区时大门已关闭，几个年轻人托着他高大的身体帮助他翻过围栏。来到家门口他愣住了，在瑟瑟的寒风下庄燕歪倒在楼梯道上睡着了，想着今晚爱人也在高真空感应炉旁加班，只可怜孩子无人照管。他一阵难过，俯下身子把孩子轻轻地抱起来，面颊使劲地贴着孩子小脸讷讷地说：对不起，请原谅。姑姑加班回来知道后也流下了伤心的眼泪，决定暑假期间带着庄燕去趟省城。国庆节他们乘绿皮车去逛省城，去动物园看东北虎、花豹、狮子、长颈鹿，还有两只黑熊。在动物园里一阵微风带着花香扑鼻而来，登上小山坡映入眼帘的是猴山猴群，周围站满了游客，猴子蹲着躺着，互相追逐着蹿上跳下，还有的在树上荡来荡去。鸟禽馆里，黄雀、伯劳、白头翁、虎皮鹦鹉叽叽喳喳叫个不停。走过一座十八孔桥，小鸟、鸳鸯披着华丽的羽毛在绿茵茵的湖水中嬉闹。大象馆的大象耷拉着长鼻子在封闭的屋里走来走去，饲养员拿出一支口琴，它甩动着鼻子扇动着两只大耳朵就吹起来了。小庄燕拿出香蕉喂了起来。哦！很多很多的动物把她吸引住了。人太多她走失散了，姑姑姑父急得到处寻找，大家安慰他们并与动物园派出所联系，很快在金鱼馆内找到了她。一位高个警察听说他们是大山沟三线军工厂出来的军工人，特地用三轮摩托车将他们送至省主管局招待所。庄燕就是在这种家庭的熏陶下，通过自己刻苦努力以当年本地区高考第一名的成绩进入这所大学。大学三点一线紧张而又繁重的学习生活，使她充满幸福和希望。她始终让知识填充大脑不能松懈，她喜欢在人多的地方看书学习，喜欢与大家在一起。她渴望忘掉过去、忘掉恐惧，她经受不住复苏的痛苦，这种复苏回忆的痛苦让她无法忍受，与其回忆痛苦还不如活在当下。

嗨！你这个糊涂虫。终于他的幻想得到了印证，她就在不远的地方。一天，在教室旁的草坪上来自人民大学、医学院、民院等高校的三十多位同乡同学相聚。她来了，站在草坪上腼腆富有魅力，她那双乌黑的眼睛，修长的身材，目不斜视地注视着他，无拘无束、直爽开朗的样子，渴望与他有言语和心灵上的沟通，又刻意抵制这样去做。孙栋善忽然间感到那美好的光焰在皮肤下奔流，他努力地表现自我，漫无边际地侃侃而谈。她匆匆留下联系方式和楼号便离开。他在迷离恍惚中看不清其他东西，听其自然，顺其发展。

期末考试临近，她躲到学校石塔边温习功课准备应试。这段时间她脑海里惦记着一个清晰的影子，这影子充满激情展示了生命的沸点。晨风，伴着宜人的清新迎来了又一个明朗的早上，绚丽的霞光给晨读的学子注入了新的活力。孙栋善踏着稀薄的霞光走到未名湖边的小山坡上坐下来复习功课。此时，到处都是朗朗的读书声，一眼望去湖对面石塔边有个别具情韵的佳影，一个女生端坐在塔下的湖边手捧一本书，微微弯曲臂膀极有节奏地一上一下地梳理着长发。瞧！那执着神情似乎要梳出一个全新发式，又仿佛要将往日的烦恼梳散梳静。那是一种甜甜的享受，那是一种令人心旷神怡的感觉，她突然仰起头来放下手怔怔地垂下头。一瞬间，他蓦地被迷住却又不能辨出令他着迷的到底是什么。他究竟凝视的是什么？不易判别，他敞开心扉任清风飘逸，禁不住深深地吸上一口清新空气，或许因为他还不明白这是什么朦胧的感受。欲呼，呼不出；欲记，记不住；欲言，言无语。而这突如其来的画面让他震撼、惊讶、兴奋、狂喜，他已经把这转瞬即逝的感受牢牢抓住。这时他眼前不单纯是倩影，而是凌空而起腾跃升华、在他心里激起的一种奇妙感受，那是他从未体验过的东西。他合上书本眼神坚定，专注自信地顺着湖边大踏步向前走去，仿佛被什么牵着不由自主地朝前走去。晨雾看起来就是这么有趣，两滴露珠在树叶上相互追逐，一滴露珠耽搁了一下，另一滴露珠赶上了它。于是，两滴露珠合为一体一起掉入地下，就这么简单。如果想想彼此尚未相遇，尚未会合在一起时心中的感受，带着这些想法不去考虑露珠的结合，那是无法用言语理解的，况且人的原始冲动是任何力量也无法阻挡的。这时，霞光在空中继续燃烧，千百种声音汇合在一起，为的是赞美生活。他不自觉地坠入了爱河，像一匹脱缰的野马无法控制，他数次内心默念理智点，还是安心学习。随着步行距离的缩短，他的内心更加不安，他停下脚步站在那里，看见有个移动的身影消失在霞光之下。他走到那个身影坐过的地方，看见阳光普照，这时三五成群的人们骑着自行车向塔西的方向而去，和所有的霞光一起燃烧。他无意间在地上看见一个闪亮的物件，他捡起来是一条过时发黄的挂件。是谁的？他心想着。

"你好！请问你看到一个小吊件吗？"

"呵！是它吗？"

"是的，我不小心丢掉的，怎么是你？"

"是同乡。给！以后要保管好不要再丢了。"她接过小挂件高兴得像花儿盛开。

"谢谢同乡，谢谢小孙。"

抹去晨露，他感谢命运将他带入一个霞光万丈能使平淡生活变得七彩斑斓、阳光灿烂的世界。她又怎么知道他姓孙，他鼓足勇气要问。庄燕随机展开挂件用指甲盖小心翼翼地插入缝隙，打开盖子里面是一张发黄的照片，是三口之家的合影。是她对父母唯有的思念，她潮湿的眼眶告诉他，这小小物件承载着年代的记忆，是她维持生命、支撑她勇敢活着，给她生活源泉、生活希望的圣物。

元旦将至，学院乃至全体学生都在温习功课。庄燕抽空写了几封信和几张明信片邮寄出去，回到寝室她收到了一张精美的明信片。上面清晰地写着："缘分就像一本书 / 多么沉重的一页 / 郁闷烦躁的心情 / 也能轻轻翻过 / 苍白寒冷的冬季 / 也能让后来春草覆盖。"署名

"校友 21 号楼北二"。她即刻拿出名片写道："一张名片是一片红叶 / 越过老师的教鞭 / 如逃学的孩子愉快地分享幸福 / 人生如旅途本身坎坷漫长。兔年进步！"

人性是复杂的，复杂的人性应该用复杂的思维去理解想象，单一的思维是无法理解的。

进校后第一学期期末考试开考。孙栋善因为底子薄、基础差，数学只考了 52 分，单科成绩全班倒数第一，他的自尊心受到了严重的打击。他默默无言、心情颓丧，然后独自一人乘车到团结湖边的柳树下，看着蔚蓝的天空、清晰的湖水、彩色斑斓的游船。他朗诵着法国诗人拉马丁的诗。他登上了小船闭目养神，似有"一棹逍遥天地中，浮沉烟浪自从容"之感。咕噜咕噜的泛舟声把他拉回现实、拉回学校。

放假，他到海滨城市旅游。北戴河的沙滩上候鸟起起落落地寻觅故巢。老太太们穿着漂亮宽松的花裤，黑丝网里的苍发抿得油光锃亮，鬓角的银丝随风而动。巷道冷清，商店萧条，唯有逛夜市，在流金溢彩的长廊中手持首饰、挂链的小贩在推销他们的特色产品。次日，他来到万博文化城。走近万博，走进中国辉煌和沧桑悲壮的历史，华夏祖先生息脉脉的文化精髓在这里凝聚。楼内建筑按八卦方位排开，正面拔地而起的是华夏图腾柱，大厅地面有一个微型太极广场，八根紫铜云纹柱阴阳互动、刚柔相济，门内侧分别标着河图、洛书。孙栋善怀着不平息的心从海滩到这儿来，漫不经心地找到了蕴藉熟悉、新鲜又与心相感应的玄机妙理，感到安详与空灵。上溯秦汉，近揽明清。古币、算盘、陶瓷、铜器、服饰、火花、剪纸等分布于各个展览厅，聚天下奇珍，现方寸大千，折射出民族文化之博大精深，他租来一台轿车沿京津公路到天津龙门商场，又转乘二十四路公交车到南市一家客栈。他在思考，考研成功是他的努力，但不是他的终点。他非常相信保持饥渴的哲学，如果有一个梦，而且已经实现，不要过久地感到满足，而要再来一个梦去追求它；当梦实现后，就继续再来一个新的梦，它是成功的哲学，它意味着征服和前进。

　　每次在见到庄燕之前，他都刻意地把她想象一番，他把她的脸颊想象为玫瑰色。其实，她通常脸色蜡黄，椭圆形的脸，嘴角长着一颗黑痣。他每每看着这模样十分沮丧。一年下来，他除了碰面无所事事，他痴情、恭敬、入神，忘却一切。理想难以达到，现实平淡乏味。有时，为了刺激她僵滞的感情，他会突然写信叫人送去，信里写着失望和痛苦。他同样收到了庄燕在卡拉 OK 厅写的信。"此时我正在吧台旁，品尝着日本茶道，正用颤抖的手给你写信，这几天是我的轻歌曼舞日。"他发现自己内心隐藏着一个开始新生活的希冀，仿佛音乐在他涸旱、痛苦的心田上产生了特别的作用，使他萌发新的欲望产生新的力量，他要为那个新生活而奋斗。他对每天都这样觉得有点乏味，便与朋友们一道游玩，推迟了去学院图书馆的时间。她以为他不会来了，就提前离开了图书馆。他到图书阅览室发现她不在，心里阵阵难过，失去了欢乐。他心在发抖，他第一次知道这种欢乐对于他的意义，过去他一直以为，只要自己需要便能享受到欢乐，所有欢乐不都是如此吗？人们总是以为始终占有它，却反而看不出它具有多深的含义。他曾对她说，要是她不愿改掉怀疑一切的陋习，那么很可能因此而断送一片爱心，人一旦养成麻木状态，就会失去多少迷人的魅力，只要热爱生活，就可以赎回多少过失。每当庄燕出发去承德、天津、北戴河之后，他就立即到西直门车站了解铁路运行时刻表，哪趟车次到站最佳，哪趟车次到站最晚。然后，研究如何跟她碰面，他可以在前门乘中巴或到车站赶车，他不仅有了去的方式，他感到自己的确想去，如果他不认识她，他肯定没有任何顾虑一往而前。他很想再去看一下大海，在清晨日出潮落时去踏浪拾贝。为了能再去北戴河，而不是其他的地方，他曾多次动员老乡同学同行。他在想象和同学一起的情景，即使在那海边看不到她，只要踏上那块土地，他就感到万分幸福。正因为他不知道某一时刻她在哪里出现，更觉得到处都有她的倩影，觉得她会出现在某海滩、巷道、旅馆旁，那眼里的一切就会变得美不胜收。因为正是为了她，他才前往。她会出现在任何街道小巷里，就会在柔和昏沉的夕阳下披上银装，在那数不清的地方都潜藏着他那幸福，还有那游离不定无所不在的希望。他在追寻着什么，又仿佛在逃避着什么，他单相思了。她用意念绑架了他自由行动的权利，但这只是种方式，是种游戏规则。最好别遇见她，她要的是轻松自由。所以一出车站，他便乘车前往旅社住下，然后称胃痛劝几位同学去玩，自己则躺在床上休息。待大家走后便推开临街窗户，俯在凉台栏杆上耐心静等，吮吸着潮润海风，看着海边的游客，总感觉有一个身影在眼前来回晃动。整整一个上午，他只是默默无语地注视着人流直到同学们归来。次日，他幻想那人流中也许真会有她出现，也许她和朋友们一起在海滩游泳冲浪，出于自己也未必清晰的情绪，他带上一种冲动势必走出旅社、跨过街道、下到海滩。他享受着希望、享受着想象、享受着欢乐。

几年的大学生活快要结束，选择毕业去留。学院辅导老师告诉他可以留京，这是自己努力学习梦寐以求的愿望。但是章正成羽绒服厂走入低谷举步维艰。孙栋善顿时心烦意乱，究竟留京工作考托福，还是返回原籍。当时，章正成来信讲羽绒厂几经分红，他最初入的百万元已转为股份。在企业需要人才的时刻，诚邀他加入团队。孙栋善理性分析留京工作对自身发展有利，但他内心是那种激昂性格。在家乡羽绒厂可解决了数百人的就业啊！它关联着数百个家庭的荣辱兴衰。人生常常会遇到艰难的选择，你可以后退也可以回避，那么，你永远也享受不到迎接选择、激情挑战的乐趣。孙栋善最终选择了离开京城返回原籍，放弃那种沉寂，拥抱具有滚烫挑战性的自营羽绒厂。庄燕则没有牵挂地选择到国外留学，这对她是很自然的事，姑姑、姑父都希望她拓展学识出国学习，她舅舅舅爷都在海外，希望她出去继承事业。当他把自己的选择告诉她时，她既不积极支持，又不明确反对，只让他自己拿捏，委婉建议他来年参加托福考试。她则坚定地表示自己选择出国留学，学成后报效祖国、报效人民子弟兵。庄燕是那么美丽光彩，但她身上又缺少一点女性的温柔，这恐怕是她从小缺乏母爱、自我保护的天性。在与孙栋善相处的日子里，她或多或少获得了什么，为了追逐目标她无暇顾及周围的这一切；她的整个生命像是为成功而铆足了发条，毕业阶段整个学院公派留学生名额只有三个。她凭借刻苦勤奋的学习，踢开了一切绊脚石，向既定目标前进。她在国内是没有任何社会背景的单身女子，她确实努力争取到千分之三的机遇。万物皆无常，有生必有灭，大凡事物都有定数不必强求。分离是痛苦的，他一直企图忘掉庄燕的一切，企图使自己相信她学业成功，但摊牌时刻终于来临。

七月里的太阳暖融融的／七月里的风冷冷的／七月里的眼睛潮乎乎的／七月里的日记

蓝封皮的日记合了又开，开了又合／七月里写下的句子意味省略／那条还没有走尽的道路

那个还停泊在唇边的争论／那杯还没有饮完的曲酒／那首还没有哼唱的歌曲／毕业歌让我们眼睛潮湿／蓝皮封日记里／七月里充满船鸣和汽笛／充满离别祝福和退远的纱巾／七月里写下的句子使距离产生魅力／产生握手和信的故事。

她作为公派生去西德留学。激动之余，她轻轻地说她舍不得离开他，他一言不发地瞧着她，想拦住她但是徒劳。她的性格刚毅，可以赴汤蹈火驱逐一切障碍。今天她的成功，全凭自身的聪明才智，但她渴望爱与平凡，她渴望有一个温暖的热源，成为一个独立对等的人，以女性的特质和独特的生命体验去对等共赏世界的灿烂，同时实现自己作为人的价值。而社会对两性角色的期待有着天壤之别，女性要实现自我价值，那绚丽光环实际上变成可怕阴影。她越非凡，他就越浑身不自在，感到尊严扫地，或许这并不奇怪，对一个自认为在

她面前失去独立与尊严的人来讲，恐怕只有逃遁的勇气。权衡利弊，他卸下包袱割舍对她深深的爱。当她前往机场去西德时，她仍然爱他，劝他考托福。他叹息，他总爱盯住她不放，她身上总缺乏女性应有的温柔，总给人一副不可亲近的样子，她浑身都是那样。

倔强担纲

办完离校手续回到家乡，孙栋善开始新的生活。嘉陵江上的江轮在薄雾下横亘礁滩、明暗激流中前进，江边小贩们的吆喝声、叫卖声与江轮汽笛声还是那么熟悉。他每天白天上班，入夜返回家中几乎彻夜难眠，直到清晨第一抹玫瑰色的霞光照进卧室，渡轮广播声回荡宣告新的一天开始。这时他才起床倚栏而坐，他最爱的而且永远爱的人，甚至连为他放弃出国的权利都没有，被压抑在哭泣中的醋意，此时占据了他整个心灵。

庄燕登上飞机。飞机在发动机的轰鸣声中顺着一条直线向前滑去，带着孙栋善的心，一颗忧伤的心飞向远方、飞向未来。飞机穿过黑夜，孤灯伴着独影，映照出两潭深深的泉水，那是来自心灵深处的泉水不断地向外涌动，又好似静静的小溪包含多少思念的语言，那是两个人的世界，两个人的幸福，沿着切线向远方伸去。孙栋善看着飞机逐渐由大变小消失在夜幕之中，就暗下决心一定要干出一番事业，以便无愧得到她坚定不移的决心。他甚至不顾相隔千万里这个屏障，因为他同时相信庄燕的根在大陆，落叶要归根。他要从头做起，坚信人不是一出娘胎就是一成不变的富贵命，要努力拼搏自我，脱胎换骨闯出一片天地。羽绒公司外债高筑，生产的货物库存堆积如山，直觉告诉孙栋善市场销售出了大问题，经过区域市场调研，他首先强调羽绒原料品质问题，要求采购鹅绒羽丝茂密、绒朵大、蓬松高的；再者引入羽绒服装时装化设计理念——变厚、肿、重为轻、美、薄，面料多样化，除防绒尼龙绸、涤棉混纺布外，还设计了树皮绉、印花细凡布、仿草皮等，女装加了腰部抽褶、花色拉链和镶边，强调女性曲线，男性军装款羽绒和配有皮草中长外套为主体款式。就这样，他稳扎稳打，靠自己的创造能力，运用理论和人脉关系，在很短的时间内，就将章正成苦心经营数年所欠下的几百万银行欠款还清，使羽绒公司打开局面，焕发了新的活力。公司摆脱困境，现在拥有大量流动资产、财富，但他仍然挤在一套两室一厅的房子里过着节俭的生活。他知难而往、坚韧不拔，对自己严格要求，并非源于糊口谋生的需要，而是来自一种压力，一种个人情感世界的野心，复杂多变的社会和市场上任何困难都无法摧毁他这种坚韧。商场如战场，十分诡秘，在纵深发展中，公司面临市场转型带来的挑战，企业主市场也受到水深难测的夹击。羽绒公司的新技术、新工艺和设计中心投入使用后，生产量大幅度上升，利润见涨，但管理、人工成本攀高，公司遭遇前所未有的瓶颈。孙栋善本能意识到越是企业在风生水起的时候，越是要有危机感，越要加强管理，必须制订标准、归结措施，大力启用专业人才，让他们有归属感、参与感。对产品设计研发要重视，要舍得经费投入。他提出按照完成定额任务（指标）情况对员工进行考核，实超实奖，超产得奖，上不封顶，迟到早退扣发工资。同时降费降支减员增效，考虑到大量员工多年来以司为家、以司为荣、敬业奉献。孙栋善用自己犀利的眼光，提出开拓其他产业，弱化羽绒公司规模。于是风言风语来了。羽绒公司刚刚有了转机持续盈利、效益增长，工资薪酬上浮，人心空前团结，企业凝聚力增强，为什么又要裁员？为什么又要转跨行业呢？

　　这几天省、市审计监察联合调查组进驻公司。办公楼内人们严肃起来，走廊过道上行走蹑手蹑脚，大气不敢出，说话小心翼翼生怕发出什么动静，整个早晨安安静静。这会儿总经理办公室通知：财务部主任、办公室主任、班子成员立即到孙总经理办公室开会。推开门调查组全体人员已到位，调查组副组长主持会议。

　　他开门见山地说："接群众举报，羽绒公司用巨款购买成套名贵家用具拉拢腐蚀当地党政领导干部。从表象看纯属典型的行贿，你们怎么解释？"同时他敲打着茶桌指着右前方，"这张老板办公桌椅价格不便宜吧！多少钱一套？"

　　调查人员又说："账面上我们审计了几天找不到这笔款项，孙总经理是否在羽绒公司还设有其他账册？"

　　"公司账簿上没有吗？各位领导，我们公司历来管理规范，采购任何物资从大额的机械设备到一枚螺钉、一把拖布都雁过留痕，都有物资进出库收领手续。"办公室主任插话道。

桌旁调查组年龄稍大点的成员说："我们向你们公司财务部、办公室负责人多次强调政策，董事长、总经理不一定是系统学习过财会和审计知识，但主管财务的人员应该懂法守法，希望认真配合。"

话到这份上，财务部主任委屈地说："这几年购置的物资都是严格按照企业管理制度进行的，摆在账簿凭证上。目前还没有采购过这批名贵的办公用具，公司确实没有另外设立账户。"

"那这又是多久购置的？好像还是海南黄花梨木料。"副组长指着桌子说。

"这确是黄花梨木的办公用具，但公司确实没有开支这笔费用。"财务部主任补充道。

"什么意思？"

"哈！哈！哈！天上掉馅饼了吧！"

这时，疲累而憔悴的孙栋善拍着桌子大笑："各位领导，我占用大家一点宝贵时间给大家解释一下，终于弄明白什么事情了。不错！举报问题确有其事，但举报内容是道听途说，知其然不知其所以然。我是学经济管理专业的商人，与生俱来就有种经商嗅觉和挖掘商机的特质，对金钱有种本能的敏锐捕捉能力。所以，无论走到哪里就喜欢实地观察。有次，羽绒公司锅炉房和员工浴室房屋年久失修，公司就从福利费用中拨出专项资金改建，竣工投入使用那天我到现场剪彩，检查浴室房新安装的感应水龙头、洗浴柜、节能灯具，顺道又走到锅炉房，看到房间堆满杂物很不满意，便指着一堆木料问是干啥的，新厂房乱堆乱码，简直没有防火意识。同行的说这堆木柴是旧房拆下来的大梁，准备启炉当柴火用，因为十分坚硬准备拉到木工班电锯，暂时码放在这里。当时我并不在意，返回途中突然想起这事，立即去电话叫木料拉到木工班别动，我们及时返回去让木工师傅电锯开伐了一根。打开一看，好家伙，木材呈淡褐色、纹理明显、光泽亮丽、油格极高，是木料中的精品。于是连夜要求清点木料木方，还真不少，收纳了半边屋子。经专家鉴定，这是一堆上乘的海南黄花梨木料，价值不菲，据说当时市价数百万元。然后，我们邀请设计师按方料精心设计，木工班着力打造了八组办公桌椅，其边角余料做成黄花梨串珠。为感谢政府多年支持，办公桌椅赠送给市里区里用于公务接待，串珠分别赠送至相关业务部门及人员。前段时间，政府突然将办公桌椅全部退回来，后来公司留下两套自用，其他全部送给大客户。"说到这里，孙栋善端起杯喝了口茶，清了清嗓子说："估计！反映问题的人可能不知情，认为公司花巨资购置办公家具送礼了吧！"

"哦！哦！原来是这回事，不知不为过。我们今天核查的问题情况明朗，会议到此为止。需要强调一点，这是企业正常的礼仪活动。同时，希望今后大家严格遵守党纪法规廉洁自律，谢谢配合！"副组长表态。

几天后，联合调查组撤离。孙栋善坐上轿车，手里攥着一份省、市联合调查组的书面报告，心里就像打翻了什么。几年来，他坦荡自律，执着地打拼，到头来是一腔热血换来飞石，他怎能忍受这种蔑视与侮辱！多年来他就脾气急躁，只要遇上原则性问题，他的情绪一点就燃就爆，芝麻绿豆大的事也容忍不下；他任由性情操控自己不会考虑别人感受，即便是大家宽容和谅解都不会改变，他只想通过发泄来达到心理安慰。于是孙栋善嚯地大叫起来，是赌气，更是不服输，他要向世人证明，我行！我绝不是废物。现在羽绒公司也已硕果累累，应该说在同行业中已是市场风向的标杆性领头羊。至于他的选择，他幸福与否，则因人而异。挥金如土的大款，品茗赋诗的文人或学富五车的学者教授，谁能说得清谁最幸福呢？成也好，败也罢。他从来没有想过，他魂牵梦绕的只是"不羡千金买歌舞，一篇珠玉是生涯"。在欢乐与忧伤的边界，他不在乎物质生活，因为事业成功的都是勇敢者，即便这样的世界让其终身潦倒，他也心甘情愿。他顽强地甚至是残酷地逼迫自己去钻研、去实践，去为自己不感兴趣的人或事打交道，为了讨债追货从都市追到山区，又从山区随车追回来，他用自己的行动给员工们做了表率。而每当他心情抑郁时，无论是谁他都将脾气爆发出来，常常连自己也不知其所以然地烦躁不安。有天他眼球、耳鼓、鼻窦压力很大，头重如山，整个人都木讷，到医院检查鼻腔内发现息肉，腔内蓄脓水肿，窦腔的通气引流受阻形成慢性炎症，咳嗽打喷嚏使病菌四处播散，他终于倒下住进了医院。

生活实在是波诡云谲的海，潮起潮落跌跌涨涨。世界上有这样一种人，他们拥有财富，却花钱精打细算，存在银行账户里的钱对他们来说只是一个数字符号。他们认为创造财富是神圣的，大脚大手是耻辱的，他们对金钱有不可思议的看法。章正成以节俭为荣，他经常与妻子一道去鼓楼夜市捡漏购买各种商品。有时为了几分钱与商贩讨价还价，或在饮食摊上买几串羊肉串、大糍粑与妻子分享，更有趣的是在自家厨房饭后洗碗时将脏的碗筷碟放进水池清洗后，将水龙头开得尽量小，在水池内用瓷盆接滴漏水，据说一年下来能够节约几吨用水。名曰：地球水资源越来越少，大家要节约水资源。

行动往往必须在动机形成之前采取。章正成从接手开办羽绒服厂以来，羽绒厂这叶小舟漂泊于风雨之中，从呛口咸水到冲出这片大海，在他和孙栋善在几番搏击、几度坎坷、几度辉煌中能把工厂变成公司，发展壮大到现在这样的规模实属不易，他是成功的。他要感谢孙栋善这几年任劳任怨地管理公司，让他放心放手有精力抽出时间维系社交人脉，有时间在家种草弄花、养鱼喂鸟。这段时间来他家里串门的人增多，反映公司说变就变、说裁就裁，员工们心慌意乱，企业极不稳定。他并不在意，商海磨炼了他成就了他，他深深爱恋着这片热土、工厂和质朴善良的员工。因为闹出事端被人举报，他立刻叫办公室组织全司中层以上干部到都江堰、华阳二江寺古桥参观学习。浩浩荡荡的队伍在前人鳖灵开凿的大型水利工程前，在分水鱼嘴、飞沙堰、宝瓶口驻足，望着排山倒海颇为壮观的岷江之水，大家对堰坝两千多年防洪灌溉、沃野千里发挥的作用纷纷赞叹。大客车沿着大道到了龟城二江寺桥，在办公室主任引导下，董事长章正成下车顺桥而上，大家排成两列纵队随导游一起跟着上桥。导游拿着话筒介绍："华阳古代系一水通天下的黄金水道，二江寺石拱桥处在府城河、江安河交汇点上。光绪四年重建，距今两百多年历史，由青砖红沙石砌制，全桥 7 孔，桥长 115 米，桥宽 8 米，经过多年修缮现桥 13 孔，桥桩设有巨大鱼嘴防洪防涝。过去这是一条重要水道，也是沟通两岸经商的陆道。请大家仔细观察，桥孔中央处有四个因为岁月洗礼、字迹斑斑的大字，是几个什么字？'天理良心。'对！天理良心。据传说还有一个故事，相传石拱桥建成以后邀请县令'踏桥'过河，在过桥途中忽遇雷电暴雨，将桥孔中央雕刻的'天理良心'四字连桥体一劈两半，搞得'踏桥'仪式相当狼狈。经调查，当时大桥设计建造者偷工减料贪污黄金一千多两。后来，这个设计建造者在这四个字的感召下，把贪污的一千多两金子全部投入到后来的修缮之中。修缮后，再次请县令'踏桥'。当天乌云密布，轮到仪式正式开始，天空突然转晴，几只喜鹊从天而降，大雁人字形飞过，白鹭在岸边绿茵茵的草坪上啄食，众人平安'踏桥'。至此石拱古桥历经百年始终屹立在两江之上造福两岸百姓，所以它又叫'良心桥'。"参观学习就在愉快中结束了。

次日，章正成乳白色别墅门前站着一位身着工装，脸色暗淡无光、双眼周围带着黑圈的人，他低着头在用劳保鞋踢楼梯柱，发出悉悉响声，扬起一溜灰尘。

章正成早早起床，正眯着眼睛看着屋顶上的石英水晶吊灯。冬天寒冷有雾霾，九点多暖阳才透过窗户折射到硕大的寿山石上，绿荫荫的笋兰爬得满屋皆是绿色。他听着净化水在壶中咕噜作响，随着湿答答的寒意，他端起茶杯小口小口呡下，然后从果盘里拿起一枚削了皮的冬柿，用鼻子嗅了下送入口中，甜甜蜜蜜地泛起一阵暖暖的静谧，他太喜欢这种味道了。此时门铃响起打断了他的臆想，推门一看是公司羽毛车间主任，主任瞪着充满血丝的双眼，撑着疲惫的身子说："章董事长，我很长时间没有过来了，大院花草该修枝锄草啦！"章正成不客气地说："来得正好！还是上次你做的，这两天正愁花草乱串需要打理。"主任细心地拾起工具轻车熟路地走进庭院干起活来，忙了大半天。章正成吆喝着："来！过来歇一歇喝点茶水、吃点水果。"车间主任应声而至打定坐下。章正成递了一个柿子，说："这是老家刚从树上采摘下来的冬柿，得益于高海拔、日照长、霜重雪厚，入口脆甜芳香，来品尝一下。""呵！肉质晶莹剔透，好吃。"章正成说在老家这叫尖柿，漫山遍野红彤彤的格外秀美。然后询问起这段时间车间主任妻子、儿子在公司的情况怎样。车间主任说："托章董事长的福还好，我今天来主要是……嘿！嘿！你是知道的，羽绒公司是我的家，我见证了从工厂组建、改制到现在，最初羽毛片与羽绒搅拌加工拼堆，车间门窗紧闭、灰尘大，工人全身从头到脚包裹扎紧只露出两个眼珠，排成两路再将羽绒扬上推起抛下反复多次，抓样检验拼匀合格才算产品完成任务。到后来生产条件改善，机器代替人工拼堆，劳动强度减轻，这才有今天我们成规模的羽绒公司。不说废话了，董事长举报这事是我干的，我承担全部责任，除名惩罚我都认，只求给儿子、儿媳留条生路。""公司刚刚扭亏为盈向前发展，就这么一折腾，你想人家孙总经理怎么想，他可是三顾茅庐从北京请回来的高端人才，是不是寒心？""董事长，我一时头脑发热犯糊涂，全然不顾公司形象，搞得公司人人自危，我错了，犯了天大的错误，请原谅。当然，我也还是十分热爱羽绒公司的，爱它就像爱自己的眼睛一样。我们家有五口人端着公司的饭碗，我们丢不起呀！我这个老骨头裁掉没啥！儿子儿媳妇年轻又没有一技之长，孙子正在念书要花钱，说裁就裁了把他们推向社会。接受不了呀！"这时，一只飞蛾眨巴着双眼扑哒扑哒地拍打着翅膀在吊灯前来回舞。"时代在变化，企业要发展，开拓新产业，裁员增效，分流一部分人员是企业重大策略，这是董事会决定的，大家要支持。人只要人品好，又那么关心公司，我想公司会综合全面考虑的，至于公司如何处理此事，由总经理办公会决定。强调一点，你这次的方式太过极端，事实又面目全非，今后要控制好情绪，公司不会为犯个错就一棒子打死，回去继续好好上班，就当什么事都没有发生过。这盆君子兰华美香艳、悠然典雅，端到客厅里去，顺便把满墙爬的绿箩兰修剪一下。"车间主任愉快地答道："好嘞！董事长。"

翌日，章正成带着羽毛车间主任捧着那盆盛开的君子兰去市中心医院探望孙栋善。

何人助我，同仁初聚。走出医院受孙栋善之托，章正成前往市工商联合会办公楼会议大厅，参加企业家联谊俱乐部组织的"现代企业管理"专题讲座。老师是大学经济学教授，他深入浅出地讲授企业管理环境与趋势、组织架构、市场营销、波特五力分析模型、卡特尔十六种人格因素测验等。开始几个小时里他听得云里雾里、昏昏欲睡。几堂专题课下来，他从一无所知到后来聚精会神、听得心醉。后来他还能提出障碍、行业内议价竞争能力、成本领先优劣势等问题，还就职业经理人商业伦理与责任这些问题向老师提问。在公司治理过程中，公司委托人（股东）聘请社会经理人（代理人）损害委托人利益，比如：职业经理人为了实现企业短期利润最大化，不顾商业伦理和社会责任，片面追求任期内各项经济指标，以经营活动需要为名任意增加岗位消费，扩大开支使委托人利润减少，甚至形成企业隐形债务的法律风险。任期期满后又一拍屁股走人，这时公司该怎么办？如何有效地约束职业经理人的行为？教授说："职业经理人是现代企业管理的灵魂。如果人为造成公司损失，可以通过监管机构对所具财务报表进行审计。"同时，老师强调职业经理人的企业经营目的就是在市场上发现和寻找机会，以创新形式创造利润，实现追求利润的最大化。教授指出："公司利润最大化是理性的追求，它是对公司所有者（委托人）承担的创办和经营风险的奖励，但是公司对所得利润是有一定限制的，它必须遵循国家法律法规、伦理道德、利益相关人和社会责任诸种因素。假若经理人没有努力提高公司绩效义务造成经济损失。这就涉及经理人职业操守、禀赋认知能力等，可以通过仲裁、法院起诉方式解决。"提出上述问题表明章正成十分认真学习，每次听课时他总爱在发式和服装上下点功夫，搞点响动吸引注意力，然后遵循坡道、发现、甜点三段论毫无遮挡地把自己的主张见解讲出来。他像久旱的干田忽得雨露滋润，他急切希望了解更多现代企业管理理论知识，哪怕是肤浅的问题。要想解决所有问题的最好办法就是读书。专题讲座即兴探讨的问题，是消化内容的最好形式，问题越多越能激发学习的兴趣，自动地将他向前推进。他回到家里没完没了地看书学习，床头柜上摆满了各类书籍。妻子说："我还没有发现过有什么使你这么全神贯注的事情，难道老师讲的有那么了不起吗？""是的，只要听堂课就受益匪浅。教授是我见到过的最好的老师，他言简意赅、有条不紊。当然，有些经济术语一时半会儿我还领会不了。""读书要精读细读，你这样浏览式读书，知识太杂不连贯。""没有办法，牵涉知识面太广、节奏太快，只有广泛猎取。""那就不能选择范围有目标有重点地阅读吗？为即兴应试讨论而阅读，感觉知识支离破碎乏味，这既耗费了你大量时间，又会掏空你的思想。"他妻子叹息地补充说，"还得不偿失。"谁知章正成却是一个认死理的人，他认定的事轻易不会改变。他俯下身子吻了吻自己的妻子，把自己的脸贴在妻子脸上说："你先睡，我再温习一下书本，明天还有一个讨论题要发言。"

他捧着书在知识的海洋里努力吸吮着，对其他事置若罔闻。专题讲座每次开讲后，不断有新人加入，仿佛受到某种力量的驱使，受众队伍在继续扩大，从十多人到现在五六十人。随着俱乐部专题讲座的深入，会议厅坐不下，课堂的组织者只好搬到更大的礼堂。教学的设计者们则依然幽默地与企业家、受众们互动，从国内国际形势、现代企业管理到文学、金融、新能源多元化等，涉及方方面面。

时间跨过，新的一年开始。政府举办的企业家联谊俱乐部因为场地、经费，特别是市工商联换届选举等多种因素，社团组织停止了活动，企业家俱乐部暂停了一年一度的年检。昔日热闹嘈杂的讲台与受众两者高频率的激情景象戛然而止。或多或少给激情的人们带来失望和遗憾。章正成受挫更大，自从参加专题讲座以来，课堂教会他很多管理理念，学到了对事物的判断、冥想、思索等辩证关系。俱乐部怎么说停就停，说关就关。

商海宿诺

在德国研究生毕业后，庄燕被舅舅急切召回。舅舅躺在纽约哥伦比亚和康奈尔长老会医院病房床上已经奄奄一息，在弥留之际，舅舅让她俯下身将耳朵紧凑到跟前，让她答应接手公司董事长职务，继承印度尼西亚玛琅遗产。同时，嘱咐她一定要照顾好侄辈。雅加达国际机场用鲜花、玫瑰迎接她的到来，这些迎接她的人大都是舅爷、舅舅生前至交好友。她成了贵宾，住别墅、吃大餐、参加派对，他们想将她承受的苦难全部补偿回来。印度尼西亚是个经济秩序完善的国家，律师拿出英文和印度尼西亚文两种法律文书，在秘书指点下她提笔在文书上签了字。税后资产现金合计 2400 万美元，这是一笔不小的数字，当时印尼卢比与美元兑换为一美元兑 14464.4 卢比。庄燕成为名副其实的橡胶制品有限公司董事长，她来到芝利翁河东岸一座乳白色建筑物里办公，行使权力、熟悉业务。她发现印度尼西亚和国内政体模式有天壤之别，对于西方经济学理论她是熟知的，而实际操作她得从头学起。在印尼她过上了贵族式的生活，一切生活工作由两个秘书安排，平时研究如何拓展市场，每天一大摊事务等待她处理。她是职场新人，又没有那么多经验能够自如地应酬处理事务，产生了被控制被绑架、浑身不自在的感觉。而那个总想侍候她的男秘书，由于她的冷漠而处处为难她，许多资料借口不齐全拿不出来；有些客户找上门来被他拒绝，一些邀请她参加的重要商界活动的请柬，也被他无故压下送进碎纸机。她不明白自己洁身自好有什么错。当然她也不知道由于她，男秘书每月收入减少几倍。至于一直忠心耿耿的执行总经理，表面上唯唯诺诺实际上却在做亏本生意，从中捞取好处。他们甚至动用公司的钱为自己购买巨额保险、购置公寓地产，还以办公用具方式做账销账。几年下来，产业已经在慢慢地被稀释，加之受到东南亚股市风波的影响，公司上市股票下跌，运营艰难。

　　她再次体验到社会世态的复杂和险恶。在那场毁灭性的大地震中她失去了父母，童年本已注定了残缺。先前在姥姥家寄人篱下的苦与难，遭受许多白眼与冷漠。那时，她放学回到家里不敢大声说话，吃饭时不敢多夹一筷子菜。记不清有多少个夜晚，她手捧全家福任泪水打湿衣裳，也记不清有多少次在炎炎的夏日里，她坐在小溪旁、假山后任泪水流淌，默默地把苦水咽下。后来，在西南三线建设工作的姑姑姑父身边无子女便将她接收。大山沟特有的环境铸就了她独立的性格，他们的博爱则给了她真情和家庭温暖。她在学校拼命读书，拿回张张奖状，她不记恨姥姥家，甚至宽容他们，这倒不是什么高尚伟大，只不过是一种善良。她尝到生活之中的酸甜苦辣，用不着有更多的欲望。印尼橡胶公司濒临破产，豪华的办公楼、贴身的秘书都与她无缘，剩下的就只有在梭罗河边的舅舅的别墅和围在椰树林中的橡胶园，保留下来算是留个念头。

　　三年后，她将橡胶园和橡胶公司抛售，将侄辈们安排妥当。然后申请移居美国，在华尔街倒腾起股票，购置了某信托银行 16% 的股权。同时她考进哈佛大学法学院。哈佛法学院位于剑桥查理士河河畔，创立于1817 年，学院历史悠久、富有盛誉，人才济济，与多数美国法学院一样，哈佛法学院提供三个主要的学位学程，三个学程各有不同的入学资格及学位条件，法学院每年会提供 250 门左右的课程，其中包括小班讨论课程。在人才济济的哈佛法学院，庄燕压力相当大，教授们多半采用苏格兰式教学法，喜欢上课时与学生诘问辩难。小班讨论课发言压力自不在话下，几百人的大班必修课程，教授会随堂抽问或者排定轮值依序抽问，一门课至少会有一两次机会要在全班同学面前与老师对答，有时问答数十分钟，对于美式口语能力欠佳的庄燕便是一种挑战。在这样的环境下，大多数学生就是图书馆的常客。馆内宏伟的希腊式的长廊巨柱建筑，典雅气氛及舒适的座椅使得在图书馆内阅读写作相当享受。这是她在大考前经常通宵达旦、焚膏继晷、孜孜不倦的地方。

与此同时，庄燕还经营着一家房地产公司，在打理好信托银行和房地产公司的前提下，她每天学习到深夜，终于如期毕业拿到学位。她接到董事长办公室秘书的电话通知，次日早上出席董事会会议。这次议题主要是收购农牧财务公司。农牧财务业务范围遍及美国、中国、印尼、新加坡和泰国。由于农牧财务公司缺乏强有力的决策层，经营策略粗放、业绩低落出现巨额亏损。为挽回危机，农牧财务公司上市集资认购股份十分不理想，从2.45美元一股跌到0.6美元一股。该公司极力寻求有实力的财团注资。因此收购农牧财务公司恰到时机，信托银行要动用庞大资金进行收购是慎之又慎的大事，况且现在农牧财务拓展重点又在亚太地区，主业橡胶产业做的是太平盛世生意。而目前信托银行资金运用效率不高，在放贷回笼方面比其他专业银行要缓慢，放贷对象大都与信托银行董事们有关联，有些甚至是凭私人情面的无抵押贷款，碍于私人情面在还款问题上显得障碍重重，这是潜在的致命弱点，也犯了信托银行的大忌。要知道能吸收100多亿美元存款的信托银行，从资金运用效率不高这点就直接涉及董事会制订的经营方针。而董事会现在认识到问题的严峻性，在调整改变措施和策略，眼下抓住农牧财务短暂的困难，把资金集中向短线投资重锤出击，放贷地产和购买农牧财务60%股权，在短时间内迅速增加利润，创造业绩弥补亏空。受董事会委托，庄燕既是董事长，懂得西方经济管理，了解亚太经济情况，又熟悉中美法理和橡胶产业，她是最理想的谈判者。在农牧财务公司总部她得体地代表董事会与农牧财务公司洽商，几经努力不辱使命，以本方一股抵农牧财务五股方式收购。农牧财务方面无奈地接受了此方案，但是农牧财务在中国香港、东南亚地区和中国大陆有大量散户必须协调，她直接飞往中国香港。

第二天，台风从香港以西深海处以时速30海里的速度向本港移动。庄燕走下飞机旋梯迎来三号强风，虽然高楼大厦层层阻隔，她坐在行驶的轿车上仍然能够感受到台风风势的强劲。

这时，罗洪友车载收音机正在播送美国某信托银行收购农牧财务公司，将使橡胶业、香港房地产业起死回生的新闻。仅两天时间股价上涨，港市两股齐鸣，价位凌厉急升。

孙栋善手上捏有数笔大额股票，也持有相当数量的农牧财务公司橡胶、地产股票。他嘴角露出一丝笑容，这股市玩得他心动，羽绒公司发展受限，他提议减少生产流水线，用原公司地盘的部分工业用地调规土地性质、开发商业城，将羽绒公司裁减下来的人员全部安置在新建立的物业、房产公司。自己则让司机开着轿车到改革前沿城市深圳、广州学习，顺道前往香港看望知青老朋友罗洪友。

庄燕这次来香港的行程目的有两个。一是找到农牧财务公司香港分部帮助换股和收购一些散户的股票。另是回大陆。九龙半岛弥敦道是香港最著名的六线行车街道之一，道路南到梳士巴利道，北接长沙湾道，经过佐敦及油麻地一带市区最主要干道。她从机场过来沿着弥敦道从旺角到尖沙咀下车，徒步穿梭在许许多多的世界品牌商铺、药妆、护肤品店铺中，商业街人群交织，叫卖讨价声一派繁荣。沿街有众多小吃店，逛累了她让同行选择一家店坐下，要了几份西式糕点边吃边休息，街边无数的创意广告层出不穷，各种肤色的路人乐队在此处演奏，也算是香港的一大特色。

农牧财务公司香港分部坐落于九龙尖沙咀的重庆大厦内，这是 20 世纪 60 年代落成的高级写字楼大厦，由五座 17 层的大楼组成，入驻单位有 770 个。到了 20 世纪 90 年代初期，重庆大厦四周新楼林立，在水泥森林中它的名气逐渐衰坠。农牧财务香港分部不比信托银行要更有吸引力，它着眼的仅是那些能够存贷上十万美元的客户。因此，不能光凭表面判断该财务公司的实力。事实上，若在美国，庄燕无论如何也不会把这家财务公司放在眼里。尽管这样，当她递上名片请通传对方总裁时，嘴角依然忍不住轻轻一撇。农牧财务香港分部规模不大，职员上下就那么二三十人，接过庄燕董事长的名片，该职员往名片上溜了一眼，脸上突突地跳出笑容：请稍等。他顺手按下座机："罗总！美方信托银行董事长庄燕女士来访。"员工毕恭毕敬地说。

"我现在正有要事处理！请她稍后。"

半个多小时过去还没有回应。庄燕坐在会客厅里一阵怒火蓦地涌上心来，在美国很少有人怠慢信托银行，怠慢信托银行就是与自己过不去。她感到自己受到冷遇，不就是数百万股票吗？她几乎就要转身离去。这时隔门猛然打开，一个清瘦的男子出现在她的眼前，这男子平凡普通，庄燕看了一下这个男子好眼熟啊！他缓缓地走过来伸出右手礼貌地请庄董事长到分部总裁办公室。庄燕环顾这间二十多平方米的办公室，左侧墙上挂着一幅公司分部经销运营图，居中挂着胡雪岩写的："客到西园倾竹素，人来东阁访梅花。引鹤徐行三径晓，约梅同醉一壶春。"为魏碑行体。办公桌上放着大鹏展翅、树化玉及蟾蜍摆件。庄燕看到茶桌上的证券报，心中吃了个定心丸。

"无事不登三宝殿，庄董事长亲自来香港分部有何高教？"罗洪友说道。

"想必罗总裁已经通过公司总部和新闻媒体了解到市面上我们信托银行正在收购贵农牧财务公司的消息。"

"当然知道，这是一次有益的收购行动。以一股换购五股农牧财务公司股票，你们信托银行不必动用大额现金，就把资产总额数亿美元的农牧财务公司的亚洲部分资产转为现金。"

"只要你同意，收购就水到渠成。"

"有散户在联络各方要趁机拆台，拒绝以股换股的建议。"

"所以说要把你们的股权都转到我们信托银行旗下。一个走进死胡同的公司，掌握在强者手里才能够起死回生，持股者才能够分到红利赚钱。据我所知，你们名下的农牧财务香港分部就持有大额股票，是亚洲地区散户中最大的股东，都是投资做生意，讲的是当机立断赚他一大笔。"谈判中庄燕强调收购的意义。

罗洪友话锋一转，重申股市中散户的地位。"还有相当多散户分布在大陆、亚太地区的多个国家，我同意做协调人以股票减持的方式参与股权转移，明确减持分红，确保散户利益。"同时他强调公平交易、遵守行规。

谈判发生歧义。

他干净利落地拒绝了庄燕的收购意见。

双方各持所见，不欢而散。

各路散户汇聚于证券交易大厅之内，大家虎着脸盯着报价屏幕，默默地出神，预备着停板后的厮杀出货，股市股指急升一味死跟，稍有下跌精力分散，股指就方寸大乱贱价抛售血本无归，冲动、出货入货拆断过桥踩脚，发达没份，惨败不沾边。入货时闹哄哄，出货时静悄悄。唯恐扰乱同门心，大家眼观四路耳听八方。有时鱼翅当吃，有时阴沟翻船，有时看淡市道，有时手握大蟹货却又舍不得毅然卖出，只好长线固执坚守，也有时对某股情有独钟，如农牧财务，则拼命死捧输到三根清静。大凡有追内幕小道消息据以出入，有如墙头草随风而动，有进有出者高谈阔论、人前炫耀，尽管平日各路玄功，但收盘时大多目不转睛盯着大屏幕。

　　罗洪友今天还有更重要的事要办，他的大陆客人已经在机场到宾馆的路上。他急着见面。

　　罗洪友自幼自命为生活的主宰者。他的梦想尽管与他所处的时代格格不入，但还是希望有朝一日能够实现自己的梦来搪塞自己，他时常在绝望的深渊和信仰的火花之间摇摆着。他在南方福建某军用机场当了四年半的宣传干事和警卫战士。每天当他醒来，军营上天空湛蓝、晨辉矫饰，阳光与战机在头顶上划出一道道彩虹，他们一身戎装排成密集的列队，手持钢枪三番苦练。一个坚毅表情、一个标准军礼、一个大汗淋漓的背影，英姿飒爽地在风雨中历练，在拼搏中坚韧。恰值军队百万裁军，他退役后南下渡过琼州海峡到那片热土沸扬的地方，身处海南岛他并没有那么多的希望，比不在海南时所向往的要少得多。他的梦想像一朵高高地飘在那里天空上的云彩，这里却是现实。刚到海南遍地是黄金，在那里你可以找到合适的工作，挣钱致富。这种想法如此缠着他，使他觉得非把这个梦想变成现实不可。凡是有一个如愿以偿的成功者，就有成千上万的失败者。罗洪友是个感情丰富的人，他要做事情的时候不管心里有什么牵动的感情世界，他总保持冷静或把感情搁在一旁控制好自己的情绪，绝不让任何人和事干扰自己。有多少次他自己的心被某件事情所触动，他都能够说服自己不予理睬，他心中不能有任何杂念让感情世界充塞干扰。在人民军队里他练就了坚贞刚毅的性格，他让自己的主要精力沿着一个方向去发展，那就是用百倍努力创业。这个世界上有的人高过别人，并不是自己花了多大的力气，而是他们生来就比别人运气好，有良好的基因。

罗洪友是知青的时候，隔壁邻居曾是方圆几十公里的大地主。其父 1945 年前在国民党部队服役，1945 年后随部队起义参加了解放军，1950 年进入朝鲜参加了抗美援朝，战后几十年渺无音讯。1975 年他父亲从境外来信，讲述自己在抗美援朝第五次战役扼守某高地时被炮弹炸伤，被美韩联军俘虏遣送去了台湾，目前生活尚好并重新组成了新的家庭。与此同时，地主一家每天起早贪黑地出工，做最累最苦的活，吃生产队分配的含杂陈化粮。每逢重大节日还要在大队部仓库里陪读、陪斗，乡亲规避，只有邻居罗洪友经常串门与他们家打得火热。一次，地主家的女儿发烧染上了痢疾，发病时，在家里盖着厚厚被褥呻吟，疾病折磨得她面黄肌瘦，拖至脾胃肿大。入夜她浑身发冷哆嗦不停打战，骨头钻心地痛，仿佛掉进了冰窖里，而后又全身发热大汗淋漓，整个身子、被子、床单湿透，全身毒素、湿邪排出体外后才轻松下来，折腾了十几天营养不良导致肺部发炎。罗洪友劝地主还是带着女儿去看病，便与地主一起连夜挑灯爬坡上坎过河几十公里到公社卫生院。卫生院的赤脚医生极不耐烦地号脉、测量体温，开了几天吊瓶打了三支青霉素病情总算控制下来。而罗洪友因为涉水过河受凉，又患上了风寒耽误了几天，他被转院到县人民医院住院治疗。知青患病在公社属重大事情，当时公社有规定，知青凡患重病者住院凭着医院主治医生开具的诊断书，出院后回生产队可根据队会计处签的领条，免费享受五斤面条、一斤黄豆或猪肉的优惠。罗洪友把领取的舍不得吃的东西，晚上悄悄地递给邻居地主，让其给病中的女儿煮着吃补养身体，自己则回到田地里与其他人一道铲地除草去了。

八年之后，与罗洪友一起前往海南闯天下的战友，因为承受不住灼热潮湿的高温气候，一个个相继逃离了这座海岛。在无所适从、走投无路的情况下，罗洪友从海南到香港投奔地主女儿，并很快成为地主女儿的丈夫。最初几年他很不顺，他被任命为农牧财务公司香港分部总裁秘书，那显然是因人设庙为他专门安排的。因为当时两地思维方式、行为方式不同，他又是一个喜欢卖弄文笔的人，在书写任何信函、公文上都感情奔放，把公文、信函写得为之潸然泪下。有时，为了一句话他欣喜击案，尽管他力图避免还是把公文写得押韵，日常商业函件更散发着抒情气息，这文笔在商业信函公文中是一大忌讳，它减少了权威性。而他努力学习商业用语，专心致志地模仿档案室里的公文模式，他费尽了心机，行文简明则又跟模仿朦胧诗一样还是不可救药。六个月过去，他被派去守仓库。不管工作多么艰巨，多么令人难堪都不会击倒他，微薄的薪水也没有使他灰心丧气。在骄横傲慢的上级面前他也没有丧失过无畏的本能。当然，他也不是没有过错，所有跟他共过事的人都知道他性格倔强，有九条牛也拉不回来的独断专行个性。在这几年的挣扎和顽强奋斗中，他熟悉了公司分部的每个环节，他显示出令人赞叹的能力和吃苦精神，并通过自身努力快速在公司分部任高管乃至总裁。他上任总裁后不到一周就购置了豪华汽车，每天上班下班来回接送，又出乎意外地在塔门海边购置了一套别墅。塔门在香港大滩海、大赤门及大鹏湾之间，四面环海景色秀丽，沿海漫步呼吸来自海上的清新空气，或者静坐在岸边山坡上与成群的水鸟结伴，沿着小径向前走就能看到一大片宽阔的草地。塔门的礁石奇形怪状，当日出的晨光投射到浸泡在海水的礁石上更是炫彩夺目，仿佛进入了天境。哦！他开始享受奢华生活。他开始讨厌成天汇报开会，他爱把一切不开心的事情怪罪给别人和社会，他抱怨每一个人，就是不责怪自己。

自从与地主女儿组成家庭开始，地主女儿就逐渐发现罗洪友是个工作狂，他性格变得孤傲古怪。她发觉他变了，变得支离破碎，变得不再熟识，她累了。而罗洪友客观地审视自己，打量着拘谨地塞在衬衣领下的朱红色领带，暗自承认问题出在自己身上。在这里他是外乡人，这里生活方式、文化教育、风俗习惯、思维观念都是全新的，而他却排斥拒绝其他的东西存在，自卑地认为自己成了这个错误家庭的囚徒，和一个不是囚徒的人囚禁在一起，他绝望地忍受着地主女儿的刁难和保姆的愚昧叨唠。摆脱这段婚姻生活，应该是天经地义的事。但地主女儿不希望这样，在她最艰难的时候，他冒着风险在那漆黑的山间小路上救了她，他是大恩人、是大英雄。打记事起，她就崇拜他、需要他，她把他看成心中的偶像，她的农牧财务公司香港分部需要他，她希望有一个完整温暖、格外灿烂的家。

在香港，地主女儿拥有优越的条件，她深知财富经营权术之道，唯有文化精神上残缺。而罗洪友精神富有，有梦想有吃苦精神，但在金钱财富层面上只能依仗妻子，这是矛与盾、水与火的冲突。他奢望改变，他奢望有朝一日凭借自己的成功也能在家里有话语权，也能从人们的眼神中看到光芒，看到平等和自由。罗洪友是通透的，他从不是闲云野鹤，要吃饭睡觉，总不能喝西北风，总不能长时间被那些所谓的道德绑架束缚，自由自在喜怒随心、无欲无求，套子太多心就太累。为什么觉得自己活得通透？主要是他知道自己想要什么。很多人想发展想赚钱，就是不努力不奋斗，这就是不知道自己想要什么。而他不纠结、不羡慕，认定自己真正要什么，那就是拼命地工作，拼命地为财务公司招揽客户。他把妻子的责备化作一种动力。而现在他正视生活，用刚强的意志克服生活中出现的任何困难，他成功了，目前他个人持有农牧财务公司数十万股份，又有年薪百万。有了金钱财富，在家里就可以与妻子平起平坐，有了饭后闲聊的资本。他是赢家，因为有可爱的家，他才有今天的成就，家是他的港湾，是他的避风港，是他的幸福之源，他今后一定要善待他的家人。今天，他和妻子要前往宾馆隆重地迎接一位来客，一位大陆的来客。

台风掠过后港区一片狼藉，街道上几个工人攀爬在梯子上安装霓虹灯和广告牌，义工们也正在修理着街道指示牌，环卫工人齐心协力扶正绿化带倒塌的椰树。罗洪友急促地招呼司机加快速度，然而车越走越堵，他不得不放下车窗用食指掸打着车门，尽量以掸抖声来掩饰自己内心的焦躁，这使他回忆起几十年前做知青时与孙栋善第一次相识。那是一个初冬，大地银装素裹、寒气逼人，大伙都穿着厚厚的棉袄棉衣，窝在房屋里烤着噼里啪啦响的疙瘩火。队部广播里传来通知，生产队一条老耕牛昨夜在收工时摔到山崖下去了，要组织几个身强力壮的知青带上麻绳扁担下山去寻找。听到这个消息，知青们争先恐后报名，都想争来这个美差，要知道他们已经几个月没有沾油腥味，走路步伐都不稳了。这么高的山，牛摔下去存活率几乎为零，找到死牛抬上山，弄得好能分得半斤八两牛肉。大家做着好梦，深一脚浅一脚、连拖带抬把数百斤重的死牛拖上山来。队部会计说，按照当地风俗习惯，耕牛卧水啮草犁地辛苦一辈子，不论病死、老死、摔死一律挖坑深埋地下，这是对耕牛的尊重和敬意。这帮忙碌大半天的知识青年傻了眼，大家会心地使了个眼神，按习俗挖坑铺石灰粉深埋了耕牛。当天晚上，趁着月光，这帮知青又悄悄地返回来操起锄头就开挖，在冻土地上足足挖了半个时辰。然后砍下牛的两只后大腿，连毛带土两个人一组扛起来就开跑，余下的人慌忙地回填抛土，跟着就朝孙栋善住处跑。大家分工协作去皮清洗，用两口大铁锅炖煮，又派人通知全队所有男女知青前往开洋荤打牙祭，一锅清汤一把食盐，那滋味别说有多香。转眼间，轿车已经到达宾馆，他们终于故友重逢一遂心愿，谈笑少停呼换盏，杯觥响处酒花飞。他们畅谈陈年旧事，嗟叹时光如梭。

此时此刻话匣子由头自然而然脱口而出，树高千尺根还在，人行多远故乡心。罗洪友一口气干下杯中的红酒，微闭眼睛品着葡萄酒芬芳的滋味，然后又一次仰望引导他前行的人。

"栋善，这次邀请你来香港考察学习，主要是看咱们能否有合作投资的机会，同时想收购或认购你在农牧财务公司的股票。"

"大陆政策开放，欢迎回来投资。咱们今后要合作，探索的领域和机遇很多。"

"另外放轻松一下，明天安排去塔门岛观潮观日出。"

塔门岛位于香港东北面，毗邻西贡高流湾。绿树掩映着一座两层楼的别墅，罗洪友搬来一把竹藤椅仰着头坐在那里，让和煦阳光照在脸上，春晖温暖、天空湛蓝。他伸出双手放在扶手上。妻子即地主女儿把自己的手放在他的手心中，放得很轻，他觉得她的手冰凉，平静中好像在期待什么。他紧紧地握住这只手，这只改变他人生的手。这些年，他还是第一次这么认真地端详她。这张娇嫩的脸蛋，水汪汪的眼睛、微翘的鼻子、丰满红润的嘴唇、浓密乌黑的头发，有一种诱人肺腑的气质和坚定的自信，她不扭捏作态显出自己的风韵。地主女儿缩回手吃惊地朝他转过脸去，树枝被修剪整齐，裸露的树干已遮挡不住紫外线的照射。几千个日日夜夜，今天她第一次感到他的关注，她双眸亮得像两颗晶莹的宝石。

"亲爱的，我赢了！成功完成了儿时的梦想。人总是习惯于在自己生活上设置过高的期许，增添许多梦幻。同时给别人过多的期待，于是就背上心灵包袱让自己活得很艰辛，别人也不痛快，与其被强求不来的期许所困，倒不如先改变自己，活出自己的主场。当年没有爱妻你的接纳，没有你的无私和激励，就没有今天的我。看到孙栋善他们我知足了。"

"我的眼光没有错。你是一个有理想、有抱负、有雄心的人。婚后，我只希望做个家庭主妇抚养孩子。我是个浪漫的人。"

他羞涩的目光偷偷瞟了她一眼。他慢慢地明白为什么不快乐，因为自己总是期待一个结果。这几年，他冷淡、冷漠、刻薄地对待所有的人，甚至最可怕地绑架了他所爱的人，用道义、用期待去要求别人。而所有对别人过高的期待都像是一把刀，双面开刃谁都逃不过，使他的心灵得不到安宁。他自己太自私，就为了想干出点名堂出人头地。

她双眉微蹙地说道："当你放下这所谓的期待学着去靠自己，心中自然就不会有那么多抱怨。很多时候，困难不过是因为钻牛角尖造成的，这个时候需要的是自己调整改变，不改变自己，你永远与幸福无缘。而改变别人是非常痛苦的，改变自己才是幸福的开始，不要把让自己幸福的责任推卸到身边人的身上，心态好自然看什么都顺眼。还是跟我谈谈工作和过去吧！"

他把藤椅往后挪了一下，椅子腿在草地上朝左侧倾斜发出咔嚓一声。"想听从秘书、守仓库开始讲呢？还是从总裁开始讲呢？”

"从当兵服役后到海南讲起吧！"

"在部队我挺自豪和光荣的。还是从部队开始讲起吧！当年在部队新兵连集训完后，我就被送到上海教导队学习，是重点培养的对象，学成以后返回部队到机关做代理助理。一个偶然的机会，被部队首长指定负责新闻宣传报道工作，我喜欢深入连队、股站哨所采访，迷恋于部队训练摸、爬、滚、打的体验，参训中把士兵和班、排长搞得团团转。他们马不停蹄地晨跑，没完没了地攀岩，时间一长超过极限任务，我就写了一个三千字的通讯报道刊登在解放军报二版头条，反映了部队士兵刻苦训练，班、排长如何带兵，连长如何爱兵用兵，连续几篇新闻报道下来被军报聘为特约记者。有了点名气和作品，师团首长蹲基层下连队时常把我带上，那时好风光哟！自我意识开始膨胀，写连指导员，营、团政委是如何开展政治思想工作的，写了团长怎么做表率。一次，北京总部来部队调研，团政委忙前忙后与团长亲自参与野训拉练。遇到当地特大自然灾害，团领导率领战士苦撑七天六夜，克服后勤不畅，终于战胜灾害。我就写了篇特约通讯，反映这次抢险救灾先进事迹，着重叙述了团长如何带兵抢险，如何迎难而上救护受伤群众，但文章中却忽略了团政委也在现场指挥。军报刊登后，团里就来电话说他们政委有看法和意见，为什么文稿写出来不给团部首长核审。我则认为新闻稿已经见报发表，反正是宣传了他们团，是整团的荣誉，也就没有当作一回事。采访结束后我返回机关。没过多久，该团政委被提升为师政委成为我的主管领导。次年在军事实弹演习中，我糊涂又犯同样错误，在通讯报道中写了团、师长如何抓训练、如何冲锋在前，而忽视了政治工作的存在，忽略了政治委员的统领，这是从事文秘人员政治不成熟的表现。主管领导认为我是目无组织、突出个人、想出名捞取个人政治资本，是缺乏基层历练。然后，我就由香饽饽变为众矢之的，在部队机关混不下去，漂泊不定。当时正值组织上报我预备提干，恰恰又遇上军队改革，部队晋升军官原则上必须是从军事大专院校毕业生中产生，战士一律不得直接提干，堵住了晋级上升的通道。四个兜兜的干部服是穿不上了，我只得穿着两个兜兜的战士服申请到警卫连做守卫，一干两年，最终终结了自己的军旅生活。当然也不是我一个人，我们部队裁下来几百号人，后来的情况你知道，我退下来穿着两个兜兜的军装与战友去了海南。"他低下头补充道。

"穿四个兜兜的军服的人就可以继续服役吗？"

"后来我们部队成建制撤销，当时部队急需有文凭的四化干部，只要是中专文凭以上的、年龄三十五岁以下的军官，无论男、女全部留下划转其他单位，该提拔的提拔，该平调的平调。两个兜兜的战士不论功过一律到期退役。"

"那你就太可惜了，吃了那么多苦，受了那么多累，听说在抗台风过程中还荣立三等功一次。"

"是的。一个政策可以改变一个人的人生。"

这时，孙栋善走过来喊了一声："该走出去呼吸清新空气了。"就又消失在椰子树林之中。

罗洪友和地主女儿很不情愿地站起来，整理一下被海风吹乱的头发。他们登上一条弯曲小道，途经一片草坪，看见有几个戴着草帽、穿着厚厚外套的工人，有的推着除草机，有的拿着剪刀有条不紊地正在剪草修枝。

"要是我们能像他们那样无忧无虑，敞开心扉地呼吸大自然的芬芳，接地气那该多好啊！"她喃喃地说。

"上顿不知下顿好。真的有书读、有车开、有控股公司不好吗？难道又想回到大山沟，为了求生填饱肚子在田地里拔了几个红薯就被罚，站在烈日当空的晒场上顶着高温打玉米、倒谷物。那种一味追求精神生活，空中楼阁的日子一去不复返了。"

"难道生活中柴米油盐、星辰大海，回归事物本质，生活自然些不好吗？"

"时序无终止，事物盈虚皆有两面性。其实奢华生活也代表着一种文化，一种贵族的精神，让人不知疲倦地努力奋斗。"

一阵寂静。他们默默地走着，先前那些问题在头脑中萦绕，一问一答，毫无修饰自然流露。但是如果他不认真回答，她就知道他已经猜到自己八成显得缺乏沟通和教养。

于是她采用惯用的手法以居高临下口吻道："我不是反对生活条件的改善。有良好的物质基础，就应该有更好的精神境界，就要把成功的硕果惠及员工、惠及社会，参与社会慈善事业，不要只图自身的安逸享受。"

"这是我探索多年的问题，通过努力今天我终于找到了答案。即是创造自身价值，积累财富，回馈社会。农牧财务中国香港、中国大陆及东南亚的散户，他们不畏权势持股增股守护自己的利益，确保自身利益，我要支持他们，追求谈判砝码上的利益最大化。同时力争美国总部的支持和谅解。"

"不是减持是收购吗？怎么不减反增，这可不是闹着玩的。资本市场风云变幻，即便是道行高深的财务风投师，也无法掐指一算道出下一个风口，谁又愿意为了几个散户去得罪资金雄厚的华尔街金融大鳄的信托银行，谁又愿意把大把的钞票投到股指跌到50%以上的股票上？散户必定是小股民，他们汇聚不起来，且有利就来，无利则跑。你又为何去蹚这摊浑水？前方是深渊也是天地，还是按部就班听总部的建议，做好散户工作，接受信托银行的收购。"

"集团公司总部目前尚不知道亚太地区、中国大陆、中国香港分部股票量，这个量加上增持量，还有大陆和孙栋善手持的股数汇集一起足以改变总部的初衷，赞成我的观点。许多事是一点一点地凿，并不断拓展出创新的智慧。让信托银行由收购改为增加投入资金，以增持参股方式分红得利，农牧财务有了强大的信托资金做后盾，将如虎添翼，继续自我经营发展，我已向总部提出了异议的书面建议。"他并不掩饰自己得意的口气，仿佛这是他来港做的最有价值的事。

这次她主动靠近，他紧紧地握住她的手，这是只温暖的手，他觉得自己从来没有这样滔滔不绝地向妻子倾诉过内心。地主女儿兴奋不已，这也是她来港最兴奋、最开心的一天，她看到了她心中的偶像再现，她听到了来自朦胧中对事物的探索，无需成败，这本身就是一个了不起的事情。他认真投入不屈不挠的工作态度她有所耳闻，他执着倔强不服输的性格她理解。她像一个忠实的粉丝欣赏着他，她用赞许的目光继续鼓励他谈下去。由于他努力捕捉到财务商机，据理说服了总部，总部董事会开专题会决定采纳他的建议。她激动得有些颤抖，一段时间她有恨铁不成钢的感觉，现在这是个好兆头，她眼中闪烁着喜悦的光芒。

他们穿过村庄小树林，路过天后古庙，顺着蜿蜒小路拾级而上，乡公所白色的房子、小黄房，来到东临碣石。他每次来岛途径观海长椅都要稍歇片刻，专心梳理一下情绪，抬眼望着蔚蓝宁静又深邃的大海，欣赏着清晰见底的海水和草坪上的小黄牛，他的思绪就更加明晰。他每每要面朝大海高吼两声，他那高昂的声音在充满浪漫情调的小路上回荡，然后深深地呼吸几口湿润的空气，满脸放光，黑黑的眼睛闪耀着神采。

这时孙栋善从前方冒出来喊道：时间不早了，该准备乘船出发啦！

骄阳之下，他俩拖着复杂的脚步，汗流浃背、心火难受，阵阵感情的烈火冲上心头找不到丝毫慰藉。回到别墅，孙栋善他们已经将旅行箱放在院子里的长条桌旁，正在狼吞虎咽地吃着奇华饼、纪香面包、芒果、冰镇菠萝，喝着冰镇水，他忍不住扑哧笑了一声。

回到谈判桌上。庄燕和罗洪友心里都明白，金融与实体经济都有一个共同的核心主旨即是永远追求目标、追求利润最大化。它不仅使资产升值，更是通过投资目标完成扩充。围绕赢利，双方在发展中仍然在探索切换轨迹改变命运的那个关键的奇点，双方谈判互相妥协才能达成共识。然后农牧财务公司通过大宗交易的方式合计减持农牧财务股份比例 6%，在公司总股本比例中不能超过 3.18%，股东持有公司股份 190.19 万占总股本 6%，其中协议受让集团公司占农收财务公司总股本比例的5.9%，集中竞价买入公司股票占农牧财务公司总股本比例的0.18%。庄燕、罗洪友就减持计划情况、减持原因、股份来源，协议中让取得的股份、减持集中竞价、取得股份减持的方式、法律法规、履行信息披露义务等方面进行了广泛深入地沟通和交流。

签约隆重简洁。

事后，许多人问罗洪友："你是怎么将美国信托银行说服并达成协议的呢？"

罗洪友骄傲地说："想不到吧！我当时就与庄董事长谈了香港分部财务经营、业务分布状况，甚至谈了自己的人生，在内地下乡当兵然后下海孑然一身来到香港创业。"

庄燕很感兴趣地问这问那。

罗洪友说，来香港遇到的最大困难就是听不懂粤语，英语发音又带地方方言，与人交流不畅遭人挤兑。他单就语言进行了几个月的强化练习，粤语、英语单词、专业词句天天背诵，还好遇到了内地云浮市一个留学生，天天的陪练，终于速成挺过了语言关。

庄燕对大陆十分熟悉，时不时冒出几句京腔普通话，说北京有句顺口溜是"看玩意上天桥，买东西到大栅栏"。大栅栏三纵九横，商号林立，素有"头顶马聚源，脚踩内联升，身穿八大祥，腰缠四大桓"的说法，是非常繁华的商业圈，故宫、颐和园又体现中华民族文化的博大精深。

罗洪友就下矮桩说："庄董事长如此钟爱华夏文化，这次请给我们农牧财务公司一次合作机会，让我们在一个游泳池里游泳，看能否争得名次。"

庄燕反问："若你失败了怎么办？这可不是闹着玩的游戏！是数亿美元投入，况且我们股东董事会议已经决定。"

罗洪友就说:"马有千里之程无骑不能自往,人有冲天之志非运不能自通,游泳虽然要呛水,但是也能够强身健体。"

庄董事长听后再仔细看了看香港分部财务报表,表示愿意将建议带回美国与董事们商议再定。

在股市股值跌下后反弹之际,美国信用银行终于破例同意了罗洪友的建议方案。伴随着美国华尔街信托银行的大额注资,农牧财务公司经过半年的调整和全体员工的努力,年终报表展现出靓丽的业绩以及诸多看点。新闻媒体大肆宣传,散户和股民的热捧使农牧财务香港分部运转愈发顺畅,美国信托银行定增的股票实现了所持标的资产证券化,成为农牧财务第二大股东。资产证券化可以说是资本市场辗转腾挪的利器,信托银行参与收并购实现资产证券化,通过资金循环往复使杠杆得以放大。但是资本的嗅觉素来灵敏,不会过分地在某一件事情上恋战,当下一个利润窗口乍现之时,盘旋在头上的秃鹫就已虎视眈眈,激进扩张令信托银行无法满足其逐渐撑大的胃口。由于双方华丽合作成功地获得了利润，信托银行顺利实现了资金的快速回笼，农牧财务公司盈利，双方合作皆大欢喜。

但由于信托银行的捆绑，双方财富的管理方面面临着风控管理多种困难，加之经济运行环境下行，大把赚钱的日子渐行渐远。

从岛上回来后，地主女儿有喜怀孕。罗洪友得知喜从天降，立刻表态每年从个人股金分红中拿出百分之三，用于购买未来小宝宝的人身保险，同时参与慈善助教事业。

罗洪友和地主女儿过起了田园般的生活。

观光考察式旅行，就是感受沿途每座城市每处风景，在行走中触发内心的某种感受，见识不同的人不同的事，不同的文化和生活环境，从而放空自己缓解躁动，在不知不觉中丰富了自己的思想打开了自己的眼界。孙栋善从香港、深圳及沿海城市归来，最大收获莫过于亲眼见到香港、深圳沿海城市的快速发展，认识到某些东西自己必须不断地创新，让自己的思想朝着指引的方向自由驰骋。通过考察把点点滴滴的理解消化拼凑起来，厘清了内地和沿海的差距在哪里，主要体现在人的思维、文化伦理、行为方式上。这是他此次考察中锲而不舍苦心学艺后得到的。沿海热火朝天干四化的热情深深地感染着他，而章正成盘下的羽绒公司此时正面临着煎熬，经营持续下滑。孙栋善考察回来以后，立即与章正成商量将羽绒公司规模弱化，把闲置的300亩工业用地与政府协商变更为商住用地，补上差价然后用来开发房地产业务。董事会过会原则上同意了弱化羽绒公司，把闲置土地通过政府变更土地性质用于房地产开发业务，同时向银行申请做抵押贷款弥补300亩土地差价，筹措的余款和公司流动资金用于首度开发一期商住电梯楼建设。当地政府十分支持他们的请求，特事特办，主动提出边干边完善手续。一期工程项目由四栋30层商住高楼组成。二期工程六栋40层商住楼按计划三年完成，赚得的利润5%捐给当地政府用于在嘉陵江新老城区间建一座四车道的公路大桥和两公里的城市街道，缓解城市两岸间交通拥挤现象。他们用惊人的速度，在不到三年半的时间，打造出了一个拥有九千多人居住的城市住宅群，实现了政企双赢的良好成绩。

羽绒公司也通过机构优化，自身挖潜，设计出以短夹克为主的多种运动、休闲、个性风格款式，从设计、量体到上线生产，服装周期缩短到十天以内，还增加了羽绒被、羽绒睡袋、婴儿保暖睡衣等产品，养活了一百多号员工。商住房物业管理公司又解决了数百人的就业问题，基本上实现了章正成、孙栋善他们的最初目标，创造了人生的辉煌。

人生的本质就是一场价值投资。把自己有限的时间投入到最有价值的事情上去慢慢地积累经验，使自己所有的潜质潜能在本能的压抑中迸发出来，实实在在地把当下每件事情做好。章正成能够从国有企业下岗打工人中脱颖而出成为凤毛麟角，除了有天时地利人和以外，更重要的是他有聪慧优秀的情商和勤奋吃苦的耐力。他在各类行业大佬、投资商、理财专家的圈子里周旋，这里投矿那里出资，赶上发展好年景，几年间赚得盆满钵满。在他高歌猛进事业处在巅峰之际，财富这些东西已无法填补自己的自卑，他急切想彰显自己的存在，表现自己的成功。他忽然又步入资本市场，在私募基金大客户经理的帮助下，把赚来的钱大把投入到期货市场，但最终还是做了资本的韭菜。可谓来也匆匆，去也匆匆。成天的社交应酬，慢慢地掏空了他的身体，耗费了他的精力，让他顾及不到原本的生意及管理。他变得狂妄自大、不可一世，以至于危机来临的时候却决定放松下来，只负责羽绒公司协调工作，其他管理工作交给面向社会高薪聘请的执行总经理负责。

同仁借智

　　远望山峦伏又起，近听鸭嬉歌。企业家联谊俱乐部停办，章正成、孙栋善他们又不愿意放弃这种学习交流的平台，就与几位志同道合的企业家一道在他们经常去的一家乡音知青饭店聚集。这家饭店是原食品厂仓库改造的，门庭三十多平方米，青砖灰瓦，室内窗框开榫已经错位变形，墙上四周张贴着发黄有年代的报纸，墙沿经雨水浸泡，白石灰已经皱叠褪色剥落；室中央立有一根水泥电杆穿过顶部把房屋分隔成内外堂，中间摆放着一个石磨和三张磨得油光透亮的实木方桌，旁边堆码着许多长条木凳。店主是知青圈的熟人，他们邀约一起泡上几杯茶，呷着香茶聊聊天，欣赏着侯宝林、刘宝瑞、高凤山的经典相声或者收听广播评书。他们对袁阔成先生的经典之作《话说三国演义》耳熟能详，袁先生评书风云气派彰显得淋漓尽致，是他们一天忙碌后追寻的慰藉，也是填充企业家俱乐部关闭后的时间空隙。聊天话题从自己企业的管理、时事政治、所遇疑难问题讲起，大家抱膝，一边高谈阔论光怪陆离的摩登新世界；一边从古旧诗意传统传播的信息中汲取智慧的知识语言。饿了就自己动手亲自料理食材，翻炒各种肉类、蔬菜。李总的香葱麻婆豆腐，孙总的白切鸡，特别是章正成的芋儿烧鸡，在美味和炭火充分碰撞咕嘟翻滚中，油葱香溢出、鸡块滋滋作响，再掺入子芋倾盆而出，鸡肉弹而不柴，芋儿皮脆色艳，令人垂涎欲滴。这个过程增加了新的话题，避免了有时冷场无话可说的尴尬，更加深了大家的参与感。末了几盘菜上桌，食色相伴唇齿留香，块块入味悠闲自得，几杯酒入喉醉眼婆娑。在咀嚼畅饮之中，他们又即兴发表观点。不知不觉暮色充溢夜深，探讨中遇到的问题争执不清或有解决不了的理论问题。后来问题多了就干脆邀请经济学教授进行每周两次的专题讲座。经济学教授每次上课出两三个议题即兴提问，大家即兴回答。在优雅气质、文化符号和怀旧气质颂新态度并存的环境之中自娱自乐，逐渐地在乡音知青饭店里形成了一个小众交际圈，它承载着二十世纪传统虔诚的五六十年代人与拥有时尚元素的八零年代人两种天生对立的人群。他们探究和阐释个体如何在特定社会环境、社会空间中生存，如何被社会行业规则所协调改变，适应企业纷繁复杂、变化多端的社会生活。大家不论年龄、学历、收入，话语平等、无拘无束，在那里没有身份标签，大家真正找到一个简单、真实、快乐的属于自己的位置，彼此创造着没有标签的愉悦体验，以这种渴望沟通的方式展现扩大影响的交流平台，很快就在当地声名鹊起。随后小店参加的人员剧增，陆续有政府公务员、牙科医生、中医推拿医师、文艺爱好者、企业人士参与。谈论的范围更为广泛，遇到各自擅长的领域和话题，大家就抑扬顿挫地用生动案例论述自身观点，无休无止地谈论下去，谈得更加激烈更加有深度。终于，一方游刃有余地清晰表达压倒了另一方索然无味冗词废话的观点，达到辩论的高潮，才算即兴发言的结束，逐渐地在小饭店形成了一个茶圈一个饭圈，各有生机，互不干扰。后来圈里人员越来越多，从最初几人变成三十多人，小店场地狭小已经容纳不下激情的人们。

"现代人心浮眼高，不脚踏实地。农村大片田地荒芜野草丛生，年轻人走出大山闯天下，留下老弱病残做农活守摊摊。"

"城市传统基础工业如钟表修理、手工雕刻，机械制造行业的车、钳、锻、铣、镀焊等技术工种严重断层断代，职业教育亟待提高。"

"如今社会上有种错误观点：认为在工厂、商店、建筑工地干活打工的人是低人一等，当工人地位卑贱志气短。"

围绕这些问题大家讲述各自的观点和看法，在阐述过程中，章正成试图努力去琢磨别人意图，步步留神地阐述自己的观点，争议中他又常常陷入理论陷阱的迷宫之中，悔恨自己不该提前表明自己观点，使他站在那里一时语塞不知所措。这时，孙栋善总以温和口气说："任何事物之间都有不确定不可控的状态，慢慢来，不过事实摆在那里，谁对谁错一目了然。"这时他会找个借口溜出去。次日午饭过后，他又回到知青饭店继续参加讨论，他把木凳拉到墙沿边靠着木凳拢几下长发，大声说："昨晚我仔细翻阅资料就探讨的问题做了进一步分析，是这样的。"他激动地挥舞着手似乎要把店内所有人的目光都吸引过来，他不许人插话，不许人对他的任何议题提出诘问。

即兴发言，大家所涉及的问题包括企业管理、社会学、政经等方面，其目的是实地练习口脑运用能力。大家就擅长的话题可以无限谈论下去，谈得有意义有深度，话锋掌控恰到好处。

虽然孙栋善开始有意回避与章正成正面讨论敏感的话题，他刻意放慢语气不插话不争论，尊重章正成和讨论者的意见，不去通过与讨论者争辩来获得内心充盈。尽管孙栋善仍然是章正成忠实的听众，尽管他已经多次接受章正成口若悬河固执的讲述，他仍有节奏地接受他的观点。但是他们的裂痕隔阂还是不断地加深，这让孙栋善郁郁不乐。

乡音知青饭店曾是赋予他们激情和创造力的地方，随着人员无序增加，几十号人聚集一起闲聊，探讨的方向渐行渐远，甚至变得离奇压抑。说毫无意义的话，议毫无意义的事，即兴发言正在变味或成为市侩之地。周围人员的认知水平参差不齐，不乏有不动脑子缺乏主观意识的人一味附和地方社会名流的观点，盲目跟从。这些人没有自己的思维逻辑，天生喜欢朝热闹堆里钻，见人见事就嚷乱插话，完全不尊重发言者的话语权。这些人没有任何学术交流价值，只图发言中显示自我存在的价值，情感宣泄之后刷个自身存在感。

在这种气氛环境讨论下去，孙栋善的激情枯竭、观念干涸，每每参加一次就简直是遭罪。

后来，教授提议筹建一个交流发展的平台，即金融与经济文化发展研究读书会。宗旨是广交朋友、整合资源、融通资金、信息共享，树立正确的人生观、价值观，开创有创新友爱的文化认同感的组织。于是，读书会依照三观合一的办法自然裂变为多个兴趣小组。

资本运作兴趣小组是靠资金融通、资金搭桥发家致富的金融、小额投贷群体。

　　实体经济兴趣小组是在社会大系统发展中长期处在社会基层，深知人们的需求是什么，想要什么的企业工商业主。他们内部整合羽绒、化妆、汽车等设计科发室，并筹备成立实用技术科研发展中心。

　　文学诗歌艺术摄影兴趣小组大都是学校、医院、政府公职人员以及青年摄影、文艺诗歌爱好者。

　　平日闲暇之余，章正成经常邀约读书会会友喝茶聊天，下棋打牌。为了消磨时间寻求刺激，由会友推荐，他在网上购买了几台矿机玩起了虚拟货币，他通宵达旦挖比特币，又与会友一起共同投资扩大矿机规模。同时，他时常驾车前往藏区丹巴旅游。

　　初夏汽车穿过了数座桥梁、隧道过巴朗山、四姑娘山进入川西高原，穿行在小金川河谷。映入眼帘的是峡谷水深浪湍、崖陡坡峭，如刀砍斧削般雕刻如画。隐藏在小金川河谷的白杨树、核桃树丛中有栋栋白色四角砖石房和高大古碉。据说工匠们就地取材，碉楼底部基脚一般用巨石填砌成实心，往上修砌时，用上层大块石片叠压，下层石片交缝间用黄泥、草筋黏合空隙，同时加柏树木杆做墙筋，片石交错叠压十分坚固，碉楼一般是4至10层。从外形特点和内部构造看碉楼是力与美、感性与智慧完美统一的化身。丹巴山河谷纵横，大小金川河在三岔湖汇聚，大金川河水浊浑黄，小金川河水清碧亮，汇合后水中央清黄一线，继而交汇融合浩荡东去成为大渡河，古称嘉莫欧曲。入夜，在篝火旁章正成他们手拉手围成圈跳着充满活力的锅庄舞，藏族女性头上飘动的头帕上有迷人的装饰与图纹，演绎出嘉绒藏族文化独特的风情。

后来，他偶然接触到摄影，从此便一发不可收拾，开始添置大量器材，拜师学艺，然后背上行囊或开上越野车去乡村田野、呼伦贝尔大草原、青藏雪域高原，到处留下了他的足迹。他用相机记录下山川河流、人文地貌。开始他还边工作边摄影，其间每隔一段时间他就开始做功课，然后揣着一大堆资料背上行囊漫无目的地远行。时间一长，他干脆把羽绒公司全部工作交给执行总经理打理，自己却迷上了野外拍摄。一年后，他以非职业摄影师身份前往战火纷飞的非洲大陆。非洲的签证很快就办下来，旅行摄影是充满惊奇和浪漫的，非洲之行首站是乌干达。乌干达位于非洲东部、横跨赤道，是有着高原水乡之称的非洲国家，东非大峡谷的西支纵贯西部国境，谷底河湖众多，动植物资源丰富；维多利亚湖景色秀美，那里每天头上都是蓝天白云，湖里碧波荡漾，沿岸草木繁茂空气清新。但是乌干达经济落后，每天出行他们都是乘坐双轮摩托车、自行车或越野车加上徒步，选择线路又多是原始森林、原始部落，他们过火山走湿地，拍沙漠、狮豹。在原始部落里他深感当地部落的贫困，教育、医疗设施缺乏，为帮助儿童走进课堂实现读书梦想，他捐款百万元援助建立一所小学，同时赠送一批教学、运动器材设备。他在离赤道最近的地方快乐地生活，他把心的归宿放开，内心每天都拥有新的太阳。罗曼·罗兰说过，世界上只有一种英雄主义，就是认清了生活的真相后依旧热爱生活。章正成领悟了人生的风雨和彩虹，领悟了苦其心志、劳其筋骨、饿其体肤的道理。对此，他渐渐地适应放下手头工作，一个人拉着行李箱来个说走就走的旅行，在未知的世界里，每次出行就是他人生一段缩影，有惊喜也有惊险。他已经学会了拿起和放下，学会了在途中有所见所感所悟，自己创办的羽绒公司发展演变到现在这一步，他再也没什么担心的，毕竟过去他创造了辉煌。

这年的夏天格外燥热。嘉陵江下游筑堤围坝新建航电枢纽工程，上游开闸放水清淤，昔日奔腾滚滚的江水变成涓涓细流，沿线河滩成了大工地，机器、卡车轰鸣不止，扬起的沙土铺得滨江道上厚厚一层，更使这年的八月酷暑难熬。孙栋善与章正成相约到避暑胜地聚首几天，他们驱车走走停停十几小时抵达一个据称美到哭的名为"鱼儿河"的地方。下车后，他们迫不及待地徒步沿着两山簇拥的一条东西走向的小溪走去。云雾在山脚腾起，聚浓聚深，愈升愈高，变幻莫测。他俩穿过清香的松树林，迎面驶来一辆载满无公害大白菜的卡车，举目远望田野里农户们正在忙碌地砍菜，妇女、儿童们则边说边往车上装，一派田野收获景象。

突然，孙栋善停住脚步压低嗓音说："正成董事长，虚拟货币那些东西不实在，很离谱，我们不懂它，若控制不好就像脱缰的野马，会人仰马翻的。"

章正成一惊，说："刚才你讲的是什么意思？虚拟货币过去不是你支持过，况且矿机我已经下了大注。"

"我的意思无论谁再鼓动你投资矿机都要谨慎，尽量少投或不投，风险太大。"

"先期我试投赚了一大笔。目前正准备加大投入，栋善，我们不能老是吊在羽绒公司一棵树上吧！"

"不错，是应该拓展产业。但虚拟货币是难以把握的事，不是咱们普通百姓玩的领域。我建议现在见好就收，别再下赌注啦！"

"那你一定认为我决策失误。"

"我是感觉陌生领域赌注下大了不好掌控，必须加倍谨慎，咱们创业艰辛还是守好熟悉的行业，守业固本，那才是主战场。"

"栋善！这几年你的锐气到哪里去了，不要一朝被蛇咬，十年怕井绳，要敢闯敢拼。"章正成生气地用严厉的口气说，"当初你也赞同我即兴发言的结论，鼓励我多学多读多实践，难道不相信我的直觉判断吗？"

"当时碍于维护你的形象，我才默认没有反对。"

"按下暂停键，虚伪！咱们回去吧！"

"正成，做任何事情都要懂得适可而止，虚拟的东西泡沫太大掌控不好会出大事的。那现在就只能由你自己去判断取舍。"

"不讲啦！走！我们回去给大家做个家常菜——糖醋麻辣排骨。"

掌上灯摆上盘，大伙围上桌天短夜长侃得欢。主打菜酸甜与麻辣两种天生对立的味道，排骨外皮酸甜酥脆，麻辣刺激嫩滑。酸甜与麻辣同时释放，在咀嚼过程中抢夺各自的地盘，甜鲜味美和刺激麻辣的诱惑口感征服了大家。章正成喝下当晚第三杯烈酒，一股股辣辣的液体从喉咙一直烧到他的肠胃，将他这几年所受的辛酸委屈、寂寞烦闷一股脑地翻回来，而荣耀和所期望的目标达成后的满足和喜悦又充塞他整个大脑。他醉了，放任地把自己灌醉，他到卫生间将手指伸进口腔掏着呕吐，吐得便池满地飞溅。他把胳膊搭在墙上用手掌使劲猛击墙部发出乒乓的撞击声。而后他返回房间收拾好心情，随大家到河堤草坪上躺下，仰看夜空，聆听蝉鸣。吟诗唱歌这种"恰到好处"的相处方式，让章正成与孙栋善的心结再次解开，两人又和谐地相处。

在国外一次旅行途中，章正成突然接到国内读书会会友的电话称：经济学教授突发颅脑疾病丧失意识心脏骤停，经医院 ICU 重病监护室抢救生命得到保全，但他躺在病床上处于昏迷状态成了植物人。教授医药费大，上有老下有少，家庭经济拮据。读书会发起爱心援助倡议，希望会员有钱的出钱有力的出力，献上一片爱心。自己崇拜的教授有难，他心急如焚，拨通羽绒公司财务部电话要求立即与教授家属联系，敦促送去现金支票五十万，同时还给非洲某国爱心捐款人民币百万。

他仍然在投资虚拟货币挖矿机。现金流动困难，他就走金融融资渠道，以羽绒公司资产抵押方式贷款六百万。挖矿起初确实赚钱，几十台矿机每天运行净收益过万元。矿机在区块链过程中是维持区块链网络运行，获数字加密货币奖励的，矿机挖矿主要靠算力，也就是计算机每秒产生哈希碰撞的能力。他们就高价购买性能高的显卡矿卡，矿机火力算力速度加快，挖到币的概率高回报就大。但是矿机噪音大、电力消耗高。在羽绒公司办公楼内进行挖矿，经常导致大面积区域跳闸，变压器烧毁电缆受损。跨行挖矿表面上风平浪静，实际下面暗流涌动，比特币会确保整个系统安全，通过计算消耗电能让挖矿者成本上升，收益难度加大，挖矿者越是追加投资亏损就越多。

挖矿使羽绒公司经常跳闸停电，严重影响了正常生产，又多次发生原材料资金拖欠，羽绒公司诚信度下降。终于高耗能的矿机使电力设施大面积烧毁，电力部门巡查发现有重大安全隐患，下达了限期整改通知书。

这几年，章正成对各方面的赞助、投资挤占了羽绒有限责任公司的流动资金，甚至占用了购买原材料的贷款和货款，这无疑是公司的经营资金。

一天上午，孙栋善从总经理室走出来到车间去。这是集团公司环境条件最差的地方，轰鸣的机器马达声中，员工们在流水线上紧张且有条不紊地干活，车间主任正在机器旁忙碌，谁也没有留意孙总的到来。孙栋善瞧到这些心里十分高兴，这批羽绒制品合同上催得急，价格利润可观，上下都在抢时间。在车间他待不住，便不知不觉走进了公司科研发展部。"孙总好！部长在里面。""顺便走走，你忙！"科研发展部部长闻讯出来："孙总又来检查工作，我正准备就设计方案向你汇报。""唔！"他含混地唔了声，"坐在办公室闷得慌，出来溜达溜达，设计方案在电脑上看了不错，提出了意见，你们继续做事。"孙栋善又去了财务部，这时车间主任的儿媳妇、财务部部长正对电脑苦着脸，兴许是太入神，孙栋善进来她也没留意。孙栋善坐下来招呼一句，她才抬起头来："老总好！""眼下银行贷款批下来了吗？""刚到账，董事长就来电话催促尽快拨到某个账户上去，这可是货款资金，划到其他账上去公司流动资金周转就成了问题，这批原材料资金保证不了怎么继续进货出货哟！"提起最近公司的流动资金，部长久积怨气不敢吐露。"既然公司已决定抵押贷款用于这批合同货，羽绒公司这边还是应该考虑留下资金保证出货。""唔！这点你给董事长呈报了吗？""反映了依然如故，直觉告诉我起不了多大作用……"她低声地说，似乎把孙总看作吐吐苦处的人。孙栋善一面听着，一面指了指电脑说："暂时压下来，首先保证生产急需资金。我去跟董事长讲，若董事长来问就说是我扣下来的。"孙栋善匆匆离开财务部返回总经理办公室，然后把门关上仔细查看这几年集团公司财务经营报表，大笔收支科目、往来账务。中午他没有去食堂餐厅，只吩咐秘书送来一份麦当劳套餐和一杯酸奶。终于他把几年报表全部过目，表情异常凝重，一圈一圈的疑问盘缠摇晃。银行抵押物是羽绒公司所有资产，用途是购买生产原材料和新设备，若大额度挪为他用，势必挤占生产资金，不仅影响当下大额合同订单续单，还影响公司信誉。他在这个行业浸磨多年，还是第一次周身啝啝地冒出汗来。

去年的困境侥幸躲过去了。章正成趁着羽绒公司拿下的两笔合同大单到商业银行申请了经营资金贷款，勉强支付了拖欠的原材料款、年底税费以及员工工资和奖金。今年开门红连续拿到几笔外贸合同订单，但银行贷款收紧资金压力大，还好某商业银行信贷部放了一笔款，他立即打电话通知先支付揪心牵肺的挖矿电费、矿卡费及其他费用。

年末，市审计局例行检查过程中发现羽绒公司账目混乱，财务造假，个人随意支取公司资金和白条入账款达数百万元，剔出助学、爱心捐款、正常经营亏损以及入股分红利润未计提外，尚有个人投资挖比特币矿、财务造假用款共计 1645.9 万元，被认定为挪用公司资金。审计局按规定立即移交地方检察机关进行立案调查。

笃定前行

别等谁来施舍阳光，学着做自己的太阳。一天孙栋善突然接到一个电话，是市里什么副局长打来的，请他立即到市政府参加协调会。同时副局长还捎来新领导的一个口信，上届政府在银行借了不少贷款发展公共事业和城市开发，跨江大桥贷款到期也需要偿还，单靠政府财政资金和市民每月征缴的机场交通建设费很难短期偿还上。人民城市人民建，需要民营企业大力支持。目前地方纳税大户汽车制造集团公司陷入财务危机，资不抵债，人心浮动影响社会稳定。地方政府有困难，新一届政府希望孙栋善考虑以收购的形式将汽车制造集团公司接盘，解决燃眉之急。新一届政府领导还说这几年他们羽绒公司支持了政府，干得不错，领导心里有数，政府也不会让你白干，而是将以低于市场招拍挂的价格让其中标，这是坐地吃肥肉赚钱的买卖，困难核心主要是集团公司员工分流、社会养老保险费问题。协调会上孙栋善表示他本人同意此方案，待董事会决定后实施。另附加尽快办理羽绒公司及余下的土地用地性质调整变更手续，羽绒公司搬迁后在原址上继续开发建设商品住宅楼。

孙栋善是个事业心极强的人，企业高速发展到今天是来之不易的，上坡的车是不能卸载的，必须多元化发展。他通过董事会决定同意采纳政府意见，搬迁以后羽绒公司走精细化发展路子，在经开区设立实用技术培训中心，利用羽绒公司技术力量和社会招聘技工老师培养实用性技术人才，待培训中心条件成熟后，整合读书会科研发展中心组建职业技术学校。今后无论社会怎样发展都需要有强大的工业支撑，都需要大批实用技术人才，这对未来发展都具有至关重要的作用。搞实业的人往往是基于经济发展大局布局，而搞教育培训的就不是单纯追求立竿见影的利润，需要承担更多的社会责任并延续发展后劲。

政府有难需要支持，他顺应政府的要求。他多年来养成了一个长距离步行远足的习惯，喜欢独自沿嘉陵江边一直向前走到某个尽头，在那里他总能看见几只小船在水面上摇来摆去，晃得吱嘎吱嘎作响。然后他走向江边拾起一枚鹅卵石扔入江河中，溅起的浪花淹没在江水中央。好在政府强调说他会经营，理应得到政策和税收扶持。常言道，种瓜得瓜，不要与命运死磕，不要撞南墙不回头，要顺应时势，公司现金流周转不灵，通过政府协调一切问题迎刃而解。但是，当他们接手汽车集团公司加大资金投入时，却打破了行规招来同行忌恨，大家在背后纷纷议论，让他深感背脊冰凉。他无非就是收购了一家濒危破产的国有企业，值得人们评头论足、说三道四吗？功夫还没练成，就遭到不停地虐杀，他并不在乎，总有一天他的企业会足够优秀强大，那时大家会被他的事业成就所折服，会称赞他的勤劳才干，会想接近他，分享一碗羹。那时候他就可以从容悠闲自得地在廊桥茶楼上品着绿茶的清香，享受着轻音乐，对那些生活困难者伸出仁爱之手，承担家庭社会责任。因为人都有各自的生存法则，就像长期以来大自然中的各种生物链仍然保持基本的生存平衡。他坚信只有练好内功、自身强大，千鸟才能道喜，所以现在遇到的问题挫折实际上它推着你不断往前走，让你不断进取，更加有韧劲和力量。

汽车产业被称为工业文明桂冠上的明珠，它的生产链涉及七十多个行业，产业配套高，同时也是制造业及拉动消费的最大产业。新一届地方政府强力推荐羽绒公司收购省汽车制造集团公司。这是一家20世纪90年代由轻型汽车总厂等三家汽车企业全建制合并组成的国有地方企业，建立之初生产三个品牌汽车，国内汽车市场空前繁荣，凭借越野汽车独特的外形与中端市场定位车迅速在全国驰名，成为当地首屈一指的乘用车品牌。80年代末期，公司投入数亿元资金对越野车进行了技术改造，引进了具有国际先进水平的制造设备和工艺，改扩建了老旧的生产线，年产2万台。90年代初期，定价中位的越野车成为区域地方公务用车采购的首选对象，政法机关以单位有台此品牌越野车为荣，那时集团公司是省里明确扶持的重点企业，是省汽车工业的龙头企业，产销名列全国前三，年实现利润数亿元。但越野车销量火爆并没有持续多久，90年代中期，随着合资品牌汽车冲击市场，集团公司没有更新越野车设计理念，应对竞争能力弱，经营决策错位，缺乏科学预判，自然也就失去市场竞争力。再由于集团公司多年来形成的历史包袱，政府已经无力再继续经营，无奈之下只有通过招商引资打破僵局，在政府牵线斡旋下，孙栋善团队经过多轮谈判，最终动用大额资金兼并了该集团公司，同时偿还了集团公司银行贷款、拖欠的员工工资以及人员安置费。然而兼并方案中人员分流是十分复杂的问题。他们拟出制度让老员工退休或内退。为高级技工、工程师或上山下乡知识青年的子女全部返聘安置工作，正式员工中无住房户的可安置在职工公寓（原集团公司招待所）居住。待新厂房、办公楼建成后，将原生产、办公区拆除了新建汽车集团公司职工之家及员工商住楼。集团公司还决定，资助乡村建设，帮助困难职工、伤残人士和知青及子女上学、就医。同时每年从年股金总分红中拿出 1.2% 作为筹建汽车、金融研究中心的经费，支持设立汽车实用技术实验指导中心，发展新能源汽车，凝聚精英、汇聚人才。

进入汽车行业后，孙栋善在政府推行龙头企业做大做强的政策支持下，继续引进国外先进生产线，推出了基于国际先进技术打造的全新越野车，整车制造知识产权达100%，从而抢回了丢失的市场份额，形成规模效应。有了自己的新品牌，建成了精干的营销团队，在开拓国内的市场的同时，又新垦海外非洲汽车市场，盈利水平不断上升，连续几年销量增长、利润攀高，成为地方纳税大户。

孙栋善以企业家的敏锐眼光将汽车、金融兴趣小组的汽车实用实验技术指导中心与羽绒公司技术培训中心合为一体，利用公司在经济开发区闲置的土地建立了省汽车职业技术学校。集团在学校投巨资成立了科研开发中心，汇集了众多不同风格的设计师、技术人才，通过不同背景和文化差异打造新汽车系列品牌。

这段时间，原汽车集团公司搬迁户开始串联起来，起因是羽绒公司搬迁户土地产权、房产证的手续至今没有办下来，加之职工对买断工龄的安置不满，便开始闹事。他们认为，几年前企业改制通过非完全市场化收购协议，获得企业资产后再以市场化方式整合重组，将汽车集团公司生产生活区外迁，把原集团公司土地分期分批拆除新建商住新区，违反了相关政策。政府得到实名举报后，十分重视，立即组成省市联合调查组进驻集团公司，针对国有企业的无形资产、优质土地、品牌、政策资源被资本运作，低于市场价转卖，以及搬迁户土地性质产生怀疑等问题进行了详细调查。调查结果认为：各个时期有各个时期发展的特殊性，当年汽车集团公司在转制过程中连续多年亏损、负债率高达98%，选择合作伙伴，不是以所有制来划分的，是寻找有雄厚资金、有管理能力、有事业心、有担当的人把公司做强做大。其转让程序合规、过程公平、定价依据及评估合理，企业改制后集团公司也得到稳步长足发展，员工得到了实惠。

然而，联合调查组却发现集团公司、羽绒公司存在其他经济问题，开始移交司法部门立案调查。章正成的经济问题暴露。

章正成胡乱地吃了两个酱肉馅包，想了想犹豫了一下便来到汽车集团公司总部大楼董事长办公室，秘书轻轻地把现磨的一杯咖啡放在桌上，那种浓郁的咖啡粉味道瞬间满屋飘香。秘书仍呆呆地站在那里，他挥挥手让秘书下去。

孙栋善敲门而入。

章正成开门见山地说："算了，成也萧何，败也萧何。目前事情搞到这一步恐怕窟窿太大想填也是填不起，这都是我头脑膨胀盲目扩张造的孽，责任在我，我十分难过，对不住大家。"

孙栋善苦笑劝慰，这些年他的心思全投入集团公司经营管理和发展方向上，忽略了对羽绒公司的财务监管，他明知章正成挖矿占用资金，但没有料到投入量这么大，亏空损失这么严重。于是只能安慰他说："做事有成有败，失败了就算交个学费，雄关漫道真如铁，大不了而今再迈步从头越。"

"唉！这次羽绒公司算是伤筋动骨真的毁了，毁在我自己手上，现在该怎么办？"章正成瞅着孙栋善说。

孙栋善缓缓抬起头道："别这么悲观，其实集团公司这些问题已经埋了很久，这个定时炸弹迟早要暴露，早暴露早解决。这是件好事，时间拖长了窟窿就会更大。目前必须抓紧梳理集团公司来往资金，咱们体量大，清理花费占时多，就看最后联合调查组的结论了。"

"这事不好讲，怕没有时间和机会。虚拟货币挖矿动用了公司大量货款，也有银行抵押贷款上千万。"

"别着急，镇静点。过去再艰难的事情都挺过来了，只要大家齐心协力想法子问题总能化解。"

"事情不是那么简单，时间跨度越长挪用拖欠款就越多。"

"问题有那么严重吗？倘若实在压力大，那就丢车保帅。羽绒有限责任公司、房地产公司清算抵债，汽车集团公司减持股份然后保留职业技术学校，利用学校资源集中精力设计开发汽车新品牌，稳住汽车产业。"

"对！我也这样想，集团公司今后全权授权给你，拜托啦！"章正成捧起咖啡杯猛然喝了一大口。

联合调查组结案后，司法部门立即立案调查。从羽绒公司转制开始，进行长达半年的内外侦办。通过调查，证实羽绒公司变更后资本额属阴阳合同，规避税费 20 万元。羽绒公司性质是有限责任公司，公司股份章正成 70%，职工 15%，其他人 15%，后来孙栋善借款百万元，由章正成收购职工股转为孙栋善名下。羽绒公司多年经营，股东没有分红，分红利润滚动投入生产经营发展建设上。羽绒公司现在所欠内外债务，都是以支付股权转让费由公司财务划出，用在二次认股和虚拟货币挖矿、助学、捐赠上。由于章正成他们不懂政策界限，更不知犯了法，认为羽绒公司是自己的公司，公司资金就是自己的，使用支配资金从分红、年终奖金里折抵，只要不往自己腰包里装就不算拿公司资金，就没有侵吞公司财物、非法占有公司资产的动机。而法院认为这已构成职务侵占罪。一是将公司转让股份登记在自己名下时，应该自己出资购买，而不应利用公司董事长职权，无偿占有公司股份，侵害公司作为独立法人的合法利益。二是作为有限责任公司，对外是以该公司全部财产承担责任，用公司资金参与个人虚拟货币挖矿、白条充账，增加了公司承担债务的风险，侵害了债权人的合法利益，具有社会危害性，将公司支付资金定性为挪用资金，判处章正成职务侵占罪有期徒刑七年，并处罚金十万元；判孙栋善职务侵占罪有期徒刑两年，处罚金五万元，涉案赃款依法予以追缴。一审结束后，两人不服提出上诉进入二审。二审认为，孙栋善百万元个人借款转为股金，二次认购不知情，可补交款后免于起诉，不追究其刑事责任。而章正成电话授权按二次认购比例办理，但不是章、孙两人实际缴款，而是通知公司财务人员直接从公司账户中支付并注明是支付两人购股款。章正成理应承担职务侵占、非法挪用资金的刑事责任。

人生变幻，世事无常。繁华落尽之后留下的是无尽凄凉。联合清算组退场，孙栋善唤秘书到车后备厢取出一个棕色皮提箱，把办公室书柜隔层的企业管理工具书和一张管理团队的合影装入提箱，然后环视了良久喃喃地说："就这样完结啦！"这时，秘书小心地问："孙总是回家吗？""直接去汽车职业技术学校。"

学校办公楼会议室里挤满了羽绒公司、汽车集团、房地产公司的管理人员，他们以期盼的目光看着孙总的到来。"大家好！久等了，今后羽绒公司、房地产公司所有人员转入汽车集团公司。科研、设计人员归职业学校管理。强调一点，特殊时期各自必须坚守岗位，资金收支必须严格按管理权限办理，大额资金必须由集团公司总经理签批。另外羽绒公司执行经理、财务部长、车间主任、房地产营销总经理留下，其他人员散会，等待劳资部门通知。"

"刚才给大家通报了公司情况，现在实情就是这样，你们有何打算？"此时孙栋善忽然认真地说。

"既然公司有困难，我们一切听从孙总的安排。"

"公司董事会议已经同意羽绒公司、房地产公司走破产或拍卖方案，仅保留汽车集团公司及汽车职业技术学校。"

　　车间主任苦笑说:"孙总经理,我只是一个生产羽绒车间的管理者,仅熟悉羽绒行业,别的可不在行。"其他人纷纷表态虽然隔行如隔山,但均表示听从安排,决不拖后腿。

　　三年以后,孙栋善组织资金收购了省交通技校。后来几经周折经政府批准报教育部门备案,两校合并成立了省汽车职业技术学院。下设经济管理、金融、机电工程、汽车工程和汽车实用技术实验指导中心。围绕汽车、新能源车生产、加工技术服务产业链与香港农牧财务公司罗洪友、庄燕合作办学,引进先进教学设备仪器进入校园。同时从海外高薪招聘了一批汽车设计、汽车制造专业的专家、硕博研究生充实到研发设计教学岗位。企业家、学科专家上讲台,突出实训环节,强化技能培训,以产品生产为载体,着力打造双师型教师队伍和实训实验场地,确保学生毕业就能上岗。在学院成立五周年之际,职业技术学院、省汽车集团公司联合在美丽的海南三亚举办区域性金融与清洁能源汽车高峰论坛会。共同发展跨域产业,运用职业技能教育服务地方经济建设。

漱心濯尘

五月下旬，在处理完香港、大陆投资事务之后，庄燕松了口气，驱车赶往机场，乘坐当天最早的国泰航空班机到千岛之国哈利姆·珀达纳库苏马国际机场，从航站楼二楼穿过大厅。迎接庄燕的是管家和家佣司机，轿车从机场高速右侧驶过雅加达太贝特POP酒店，绕过独立纪念碑加速行驶，管家心神不定地朝四周张望，一再提醒司机加快车速。受亚洲金融危机影响，该国持续三十多年的繁荣骤然下挫，货币暴跌，粮食、石油价格高涨，民怨沸腾。为转移民众视线，政府强行实施军事管制，延长家族统治挑动种族矛盾，青年学生要求改革，由此引发暴乱，数以千计的暴徒冲进办公楼、商店、住宅，有针对性地对异裔族群进行打砸抢。庄燕这几天居住在城区的别墅里一直不敢出门。在得知大规模骚乱已经堵死街道的情况下，管家急切地劝说她躲一躲。庄燕当时认为，别墅区历来是社会治安最好的，只要宅在家里少出门，就没有多大安全问题。是夜，整座城市由远至近四处火光闪闪，暴徒们开始趁机焚烧店铺，这座宜居美丽的城市上空被乌烟瘴气所掩盖。忽然，乒乒乓乓的砸门声喊叫声把他们震醒，一伙暴徒已经闯入大门进入庭院见啥砸啥。其中一个暴徒凶悍至极，提着大刀恶狠狠地指着管家吼到："你是主人？家里有几个人？"

庄燕上前抢答："我是他们的主人。他是家里的管家，这是他的妻子，这是厨师、司机、花工，另外加上我们总共十三人。"

"把全部人员带到大厅来。"

暴徒围住他们开始搜身，扯掉他们身上的首饰、耳环、挂件，没有抢到的暴徒则抡起棍棒、大刀疯狂地砍砸。然后说："这管家和妻子必须带走，还有这个女花匠也要带走。"

　　庄燕上前乞求留下他们，这可是一直跟随舅舅打拼半辈子的家佣，留着他们就是留下希望。但是这帮暴徒已经不管这么多。庄燕本能地拿出手机报警。暴徒见状就丧心病狂地抢下手机朝窗外抛去，顺势揪住庄燕的长发，拽住她猛然提起左右晃动，庄燕脖子上挂的小物件飞向楼梯，她发出凄惨撕裂的叫声。她还没来得及站稳，只见一只活脱脱的手臂砸了过来，一股股红色的黏稠液体喷溅在她的脸上。那是一只手臂，是管家的手臂。失去右膀的管家撕下衣服绑住伤口，忍痛保护着家人及花工。暴徒们驱赶他们来到大院，这时别墅已经燃起火焰漫过凉厅，院内刀光闪闪。附近的警察闻声赶到，整栋别墅及群楼已经燃起熊熊大火。警长高喊："住手！住手！她是前议员的孙女，快放人！快放人！"庄燕当场晕倒在地。

　　当她嘴唇干裂苏醒过来，已经是第三天了，她舔了舔嘴唇，动了动身体，上下肢体还在。她用力睁开眼睛环顾四周雪白的墙体，她的手上、胸部插着几根输液管，头部缠着绷带，依然疼痛难忍，她意识到自己已经到了安全区域。她只记得管家跌跌撞撞地打开后门，他们随着警察冲了出去，街道上是慌乱的行人，处处是惊恐、祈望的眼睛，这座城市昔日的和谐、友善、美丽被邪恶、丑陋、暴力所笼罩。那天晚上，她依稀记得她天旋地转地倚在管家身上挣扎着挪动步子，听见车门用力关上，汽车引擎轰鸣，车子猛然前冲驶离大院。管家搂着庄燕呼吸急促，车窗外橡胶树林、别墅火光冲天，这一切模模糊糊地向后退去，街道上一片喊声哭声，那是多么可怕和恐惧的夜晚。

迷糊间，总有人进进出出，她听见一个熟悉的声音，那是管家轻轻的呼唤声。她终于看见床头充塞着各类监视器、医疗仪器，床边站着一个男子，身上插着针管，手持输液杆上悬挂着两瓶液体，右臂根部裹着绷带空空荡荡。想起来了，她伤心地闭上了双眼，泪水从眼眶里顺流而下，划过脸颊扑簌扑簌地落在床上。蓦然间，她泣不成声，一切茫茫然然，她再次昏了过去。

几经辗转返美治疗。一晃几年，庄燕大部分时间都与管家在医院康复中心进行康复治疗，偶尔也处理公司事务。随着时间流逝，那一夜留下的可怕阴影时不时在她的大脑中，在她的身体上，甚至在她流淌的血液之中爬来爬去，随时随地呈现，她深深感觉头脑像戴了个紧箍咒似的，让她疼痛、让她煎熬。管家时常关切地告诉她要学会忘记过去，然而自从那个黑夜之后，无数个日日夜夜笼罩在庄燕心头挥之不去的是火光刀影和鲜血。只要看见刀和血，她就惊叫或木讷，头部就异常沉重，仿佛与身体分家似的。头痛时，她控制不住自己情绪就关上门大声哭喊，哭喊过后又陷入忧郁和沮丧。这些东西反复再现，把她逼到崩溃边缘。经医学专家鉴定她患有焦虑性神经障碍，这是暴乱后遗留在她心灵、肉体上的后遗症。

在香港公司罗洪友的劝说下，她终于同意担任香港公司常年顾问，同时到香港散散心，接受中西医结合治疗。几个月后，在药物、针灸、环境、心理开导共同作用下，庄燕的症状逐渐减少和消失，她脸上红润起来，眼神开始有光，她感到头部轻松许多。

作为学院股东之一，当罗洪友收到职业技术学院在三亚举办地区性金融与清洁能源高峰论坛会邀请函的时候，庄燕的身体状况也一天比一天好，他邀请庄燕一同前往大陆，秘书预订了机票，填报了参会人员名单回函。

孙栋善一得到庄燕的信息，就迫不及待地抓起手机拨通国际长途电话，准备向庄燕一诉衷肠。不料庄燕的电话是语音信箱，他踌躇思忖一番，不知对语音留言怎么说好，只得留下："我是大陆同学孙栋善，还记得吗？欢迎来大陆，来三亚，请留下手机号码及时联系。"打完电话留下语音后，他在房间里来回踱步。记忆的闸门一旦打开，栩栩如生的碎片便不断在脑海里闪过。

远岸收残雨，雨残稍觉江无暮。中午时分铃声炸响。孙栋善接到电话，一个熟悉夹带着温柔的声音从遥远的地方以电波的形式飘然而来。孙栋善一时语塞不知所措，有一种久违的热血迸射的感觉。他心潮起伏、热泪夺眶，喃喃地说："庄燕吗？这些年你音信全无，到哪里去了，家庭怎样？几十年了现在还好吗？""还行吧！出国留学毕业以后去了印尼，继承了舅舅的遗产在那里落脚，后来又去美国华尔街边做点事边攻读博士。""要不是香港朋友罗洪友给我你的电话，还真是销声匿迹啦！""是的，罗洪友人不错，我们认识已经多年，我曾经去大陆找过你，后来因为健康缘故不得不退出职场宅家休养，这次应罗洪友夫妇邀请到香港小住，看见知青合影相片才知道你们是要好的朋友。"她停顿了一阵子说，"家里人还好吗？""好！一切都好！请来三亚参加会议，一定！……喂！喂！""好！机票已订，我还要多带几个人哟！"

罗洪友夫妇、庄燕、管家仆人一行八人乘车到香港国际机场乘 GX6820 航班，经过两个多小时的飞行顺利到达三亚机场。

机场候机厅外烈日炙烤，孙栋善早早地进厅等待着，全神贯注地凝望着接机厅前方，心中油然泛起当年在北京时庄燕的模样。

在焦渴煎熬中幸福来得太快。转眼间，接机厅倏地变亮，刹那间她出现了，他不安的心情立刻消失。她还是那样矜持谦和、优雅庄重、不苟言笑，骨子里还是那

　　孙栋善远远地看到庄燕的倩影，聚集成清晰真实的
她。礼节性亲昵地问候一声，他们便登上轿车朝市区驶
去。公路两旁高高的棕榈树旁，几个赤膊戴斗篷的村民
在绵亘的稻田忙着犁田，路上一大群鹅鸭大摇大摆漫
不经心地走着，直到轿车开到跟前才扇起翅膀，"嘎吱
嘎吱"地叫着跑回田里去。"蓝蓝的天，静静的路，绿
绿的坡，这是多么美丽的田园风光！"庄燕打破寂静。
"是的，一个没有喧嚣、没有争斗、没有金钱、没有名
利，安安静静理想的田园生活。"孙栋善补充说。飞机
降落后所产生的耳压使庄燕很长时间还一直剧烈地疼痛
和耳鸣，听起话来相当吃力和局促，每每下飞机之后都
要适应一段时间。她揉揉双耳摇下车窗，潮湿清新的海
风让人心旷神怡。他已经头发花白，但还是那么神采奕
奕，还是那么有韵味，腮帮和下巴刮得还是那么干干净
净，眼睛还是那么坚毅执着。轿车沿着公路钻入丛林之
中，一片漆黑，一阵暴雨打在车上，打在路边一幅幅引

人注目的广告牌上，留下黑暗与轰鸣的响声。轿车行驶在主干道凤凰路时风停雨歇，阳光斜斜地洒在车内，洒在庄燕脸上。临春河、大剧院、美丽之冠融合梧桐树与凤凰羽的造型。在孙栋善、章正成夫妇陪同下，庄燕一行登上了鹿回头山顶俯瞰整个市区，又去了培福修慧的仿唐寺院南山寺。游子心中的故乡永远是美丽的。在炙热的亚龙湾海滩，庄燕感受着碧蓝水晶般透明的海水和细腻的海沙，她任凭海风轻拂着衣裙，弯下身轻轻抹平脚印，捧着海水猛然抬起手臂朝脸庞捂去，亲吻。趁退潮时，她背诵起陈梦家的诗《一朵野花》。

　　晚餐，这是一次接风宴会。参加者有章正成夫妇、罗洪友夫妇、庄燕、管家、孙栋善及秘书。一桌丰盛的海鲜大席摆上圆桌，孙栋善简单介绍了宴会人员，慷慨激昂陈词后，大家围坐一起照相留影，你来我往。吃到半酣的时候，他提议在座的每个人都要出道菜品，必须是本人亲自制做。听完这句话后饭桌气氛高涨起来。章正成夫妇首先表态让后厨准备食材，接着他们走出去。半会儿，伴随着章正成夫妇"幸福的花儿"的歌曲，他俩端出拿手的麻辣子芋烧鸡，罗洪友的四喜丸子，孙栋善的子姜麻婆豆腐。大伙齐声叫喊："庄燕出道菜。"很快庄燕和管家做出了加多。实际上就是青瓜、通菜梗、豆角、炸豆腐、虾片浇上南姜、香茅、青柠、花生、椰汁调出的酱汁凉拌的沙拉，浓香酸甜。再看着后厨师傅额头汗珠密密，带着喜色专门为庄燕端上了一碗唐山鸡子索面，大家用餐状态兴奋。这是几十年后的重逢，礼仪小姐打开国产葡萄酒，鲜红的葡萄酒汁在波昂水晶高脚杯中荡漾，在高脚杯中燃烧。当礼仪小姐将盛满红酒杯的托盘端给庄燕时，管家下意识挥起左手阻挡了一下，托盘里满满的液体顷刻间化成瀑布，浇洒到庄燕乳白色的绸缎连衣裙上，红色浸染扩大，转眼扩散全身。庄燕惊恐万分捂住双眼，在场的管家起身带着她快速离席，孙栋善紧随其后。他们冲出餐厅、冲出沙滩、走向大海，她张开双臂踩着松软海沙走向齐腰深泛着黏黏泡沫的海水中，让大海冲刷那血红血红的颜色，海水呈现一片红。庄燕望着漂淌的红色海水，忽然间，她仰望天空旁若无人地放声痛哭。今天，在这里，在三亚，都化在这泪水之中全部释放出来，释放得干干净净，释放得彻彻底底，释放得透明透亮，让自己心灵有个安宁、有个慰藉。

　　故乡——母亲，熟悉的味道和满满的爱，永远是她童年的所有回忆。家在哪里，心儿就在哪里，家毁了，她也就魂不附体了。挪去蒙尘，剔除洗涤，寻觅清泉，阳光普照，等待身心怒放时让心灵悸动。今天，她吃上了用手工拉成晒制的家乡鸡子索面，心里泛起滚热的乡情。海风乍起，她静下来从黯淡与理智隔绝的深渊中觉醒，她已经决定放弃外国国籍，做一名中国公民，投入祖国母亲的怀抱。她在管家的搀扶下坚定地走上台阶，走上廊道。这时，路边硕大的电子屏闪烁着一排一排的字幕，光亮刚好把她的脸遮挡，一阵洪亮浑厚、深沉悠远的撞钟声划破天空唤醒众生，她整张脸完全从幽静暗淡之中再现美丽。

　　这次组织举办的区域性金融与清洁能源高峰论坛会，也是章正成出狱、罗洪友夫妇、庄燕、孙栋善在美丽的海南岛三亚某度假中心的大团聚。大家褪去光环、传说与辉煌，聊常态、议凡事、谈家事。是一场返璞归真的心灵旅程。

　　终于庄燕又要踏上归途。临行前庄燕赠送给孙栋善一本陈梦家的《再看见你》诗集。孙栋善在候机厅回赠给庄燕一个云锦丝绸包盒。她打开云锦丝绸花梨木盒，一对游离的双眼顿时光芒四射。那仅仅是一个小小的挂件，是孙栋善凭借当年记忆，请美工师傅素描的三人合影。他望着庄燕的芊芊倩影，时尚的她身材还是那么高挑纤细，瀑布般的乌黑秀发下眼神迷离、两腮深陷，在身材高大魁梧的管家的搀扶下，亦步亦趋地跟着前行。海风吹拂着管家空荡的衣袖，巴迪长袖衬衫飘来荡去显得格外凄凉。庄燕飘逸的发丝在空中显得那么孤零无助。他真的累了，累得疲惫不堪。

原本生命的召唤

　　他无力地坐上车，急切地让驾驶员尽快开上环岛高速。这时，车载音箱响起了刘钧作词的歌曲《听闻远方有你》："听闻远方有你，动身跋涉千里，追逐沿途的风景，还带着你呼吸，真的难以忘记，关于你的消息，陪你走过南北东西，相随永无别离，可不可以爱你，我从来不曾歇息，像风走了万里，不问归期，我吹过你吹过的风，这算不算相拥？我走过你走过的路，这算不算相逢……"他被歌手鲍玉笑沧桑沙哑的歌声所震撼。

　　到吉阳滨海路他让车停下来，这时已是临夜。顺着酒店海天阁穿过大堂、环礁湖泳池到了商业街顺梯而下。一位女歌手在湿漉漉的红地毯上尽情地歌唱，三三两两的游客手端清补凉茶、榴莲炒冰，一边听一边朝海边沙滩走去。海面空旷，偶尔有几盏灯火随潮水飘动，大浪推小浪拍打着沙滩。酒店专属沙滩椅、棕榈树伞下已空空无人。路灯下几个商贩提着竹篮在兜售着菠萝蜜、芒果。沙滩上一群年轻人在搞烛光活动，享受大海的乐趣。他又望着漆黑的大海，海面上闪烁着神秘的粼粼波光，他倾听着浪花飞溅，海的呐喊和咆哮。他嘴角抽搐，内心感到悲喜交错，他人难悟。

再看见你／十一月的流星／掉下来，有人指着天叹息／但那星自己只等着命运／不想下一刻的安排／这不可捉摸轻快的根由／尽光明在最后一闪里带着／骄傲飞奔，不去问消逝／在那一个灭亡，不可再现的时候／有着信心梦想／那一刻解脱的放纵，光荣只在心上发亮／不去知道自己变了沙石／这死亡启示生命变异的开端。

伤春悲秋翻越不过泥泞，与其困顿挣扎不如冲出阴霾，心向阳光。他是一个内心宁静孤独的前行者，他身上散发着独特的智慧光芒，他不躲在角落里独自垂泪，他自我疗愈慰藉，抚藉内心，重拾自信，重整心河。

吹尽狂沙始见金，低头稻谷不自夸。涨潮时赶海，很难得到大海的馈赠。退潮的时候，哪怕在海滩信步也能捡到美丽的贝壳。

几年之后，全国汽车市场大品牌蜂拥而入，百花盛开的时候来临。为适应新的发展趋势必须调整企业发展策略，汽车工业转型升级，推动结构战略性调整，把培育发展节能减排和新能源车作为突破口。孙栋善他们以国际化视野倾力打造卓越品牌，依据欧盟 EEC 标准专注纯电动汽车及关键零部件的研发和生产制造，构建推动未来能源动力的研发运营体系，引领纯电动汽车行业的不断跨越发展。集团公司组织技术研发团队加大资金投入。同时国家对新能源汽车发展有许多政策的支持，诸如减免税收，一二线城市上牌不受限制，生产新能源汽车，政府每台给予补贴等。政府逐年增加新能源汽车购买比例，地方公交车、公交客车以及出租车逐年增加购买指标。他们生产的纯电动客车电池使用长，续航里程大，适用城市农村市场。为扩大销售团队，他们在全国范围内聘用了一批有汽车营销经验、有人脉关系及工作十年以上的销售精英，建立了覆盖全国的销售网店代销点，公司发展进入快车道。

潮湿的冬天终于结束。晴朗天空没有一丝云彩，从
江水银波的湿地公园到碧波荡漾的嘉陵江河畔，和煦的
春风令人心醉，仅呼吸下这春日的气息就是一个极大的
享受。再过几个月孙栋善就跨过花甲之年，在生命暮年
开始崭新的生活。他目光中喷涌着锐气，应该追寻生命
深处那个来自维多利亚港湾的声音，同时唤起他沉睡灵
魂深处的激越和骚动。他猛然从沉思中觉醒过来，发现
高铁已经似剑飞驰在葱绿的原野上，心里一阵欣喜。他
在汽车制造业界干得不错，赢得了荣誉，发表了几十篇
关于汽车制造产业发展的论文，当初弱小的汽车金融兴
趣小组已经发展为汽车职业技术学院；实用技术科研发
展中心的技术人员已经进行了许多具有开创性价值的独
创研究。新能源汽车已经投放市场，技术实践中心源源
不断地给公司和社会输送着技术骨干人才。同样重要的
是，他一个汽车制造行业的门外汉，经过几番努力，已
经是训练有素的汽车专家。变化不定的景象不断给他新
的启示。透过车窗玻璃，他看到了自己脸上浮出的笑
容，他已经带着他的团队涉过了沼泽登上了高地。一个

新时代的大门正在徐徐打开，互联网解放了人的思维，智能设备解放了人的生产力，大数据将人类天地融汇一体。面对新的时代，他仍要不断探索凝望，或许有些惴惴不安，但是他的内心更加坚定，充满了无限信心和希望。